大地图章

史振亚 著

黄河出版传媒集团
宁夏人民出版社

图书在版编目（CIP）数据

大地图章 / 史振亚著．-- 银川：宁夏人民出版社，2022.8

ISBN 978-7-227-07655-1

Ⅰ．①大… Ⅱ．①史… Ⅲ．①随笔－作品集－中国－－当代 Ⅳ．①I267.1

中国版本图书馆 CIP 数据核字（2022）第 160508 号

大地图章　　　　**史振亚　著**

责任编辑　刘　丹　管世献
责任校对　赵　亮
封面设计　王敬忠　施　娜
责任印制　马　丽

黄河出版传媒集团
宁夏人民出版社 出版发行

出 版 人　薛文斌
地　　址　宁夏银川市北京东路 139 号出版大厦（750001）
网　　址　http://www.yrpubm.com
网上书店　http://www.hh-book.com
电子信箱　nxrmcbs@126.com
邮购电话　0951-5052104　5052106
经　　销　全国新华书店
印刷装订　宁夏银报智能印刷科技有限公司
印刷委托书号　（宁）0024423

开本　720 mm × 980 mm　1/16
印张　11
字数　120 千字
版次　2022 年 8 月第 1 版
印次　2022 年 8 月第 1 次印刷
书号　ISBN 978-7-227-07655-1
定价　45.00 元

目　录

附　录

立　春

一排树尽情吸吮阳光。

根系醒来的时候，大地的骨头缝都酥了。太阳越过地平线，用一寸寸升腾的阳光遍抚大地。没有风，树静静地享受阳光铺洒的幸福，聆听此起彼伏的鸟鸣驴叫。远处，连绵起伏的山坡峁梁溢满了金黄色彩，仿佛又一幅丰收图景即将从立春徐徐展开。

一个清晨的开始并没有让乡村完全地挣脱冬季的牵绊，依然有丝丝寒意盘旋在村庄头顶。太阳升起来，苏醒了的根系不会把沉睡的梦拉回，也不会把来来往往的路挡住。从屋子里走出来，李二哥把手揣在袖管里对女人说：“我今天出门进城给家里搞只羊回来。”都快过年了，是该搞只羊回来了。女人没正眼看李二哥，就说早去早回。

李二哥走了整整一天。等黄昏回来时，身体摇摇晃晃的、两手空空荡荡的。到家时，女人问：“羊呢？”李二哥嘴里打拌汤地说不出个所以然。女人知道，男人出门没搞上羊还把牛丢了，就逮住男人美美地收拾了一顿，顺势把一盆子没有倒掉的洗脸水朝外泼了去。有好事没好事，千万别扯谎。一扯谎，游移的眼神就能闪得出，支支吾吾的话语就能露得出，满身是烟的馊臭味就能溢得出。李二哥进城干了啥不知道，但看回来的样子就能猜出个差不多。都快过年了，谁家不是里里外外一堆活。李二哥倒好，庄稼一收进粮仓，好像自己的冬天就闲了。闲了干啥？找人喝酒谝传再耍耍。一个冬天里，稍微有人招呼，就编着理由绕着舞子从家里跑了，然后啥心也不操，一道金光没了人影，一直到黑天半夜了，才疲疲乏乏地从外面回来，悄悄推开屋门爬到炕上钻进被窝打起了呼噜。

多少年了，女人对李二哥都没脾气了。早晨端着草料喂牛时，站在圈里的两三头安格斯牛没精打采地不朝槽头靠，也不想吃草料。女人就走了进去用棍子赶，边赶边骂："当牛的能吃个草就不错了，再不好好吃，小心你二哥把你给卖了。"说这话的时候，牛往槽头靠了靠，好像听懂了女人的话。头些天，李二哥把家里的老牛赶出去卖了后，留下的几头小牛突然间没了精气神，眼里时不时流下一些说不清的泪水。牛也有感情，只是要看跟谁有感情。

清晨的太阳升起时，半圆的月亮还在天上悬着。天是湛蓝的，月是疏淡的，半空里没有一片云彩。倒是村庄院落里的劈柴声、推磨声、架炉声、烧火声、喂鸡声，一声一声地把立春唤醒。树梢上的一群群麻雀突突突地飞了下来，要么落到牛圈边的草堆上觅食，要么落到院子中间与鸡抢食。刚刚被女人轻打了几棍子的小牛扬起头扯着嗓子哞哞叫了起来，它的叫声不知道是呼唤自己的亲人，还是本能地叫唤主人赶紧给它喂草。

走出院门，原野一望无际地延伸着彤红，早早把春日的气息遍及大地。估计是一棵树叫醒了另一棵树，并排挺立的一棵棵树迎着阳光散发出重新苏醒的声息。不然的话，长在村头的槐树怎么会隐去低沉，变得青黛一色？立在渠沟边的杨树怎么会伸起枝条，泛出青意？顺手折下一根路边柳树上的枝条，嫩绿已经渗漏在萌芽的枝条间。只要有一根枝条萌芽，其余的枝条就会跟着萌芽。它们在寒冬里睡了一天又一天，又被寒风吹得甩了一回又一回的头，只等着一缕春风吹起，一缕阳光灿烂，把它们一个个从梦中唤醒。

立了春，树会醒来。树醒了，一个村子就醒了，一片大地就醒了。大地一苏醒，万物的眼睛就会纷纷睁开。

李二哥进城去赶羊却把牛丢了虽然是个笑话，但足足让他羞得抬不起头。趁着树苏醒，李二哥早早起身跑出门，扛了把铁锹走到地里准备拾掇田地。估计是耕地还没完全化开，灌了冬水的机翻地还很硬，任凭李二哥怎样用锹铲，地里隆起的土坷垃都铲不平。铲了一阵子没情况，李二哥就朝着太阳看了看，扛着个锹把从田荡子这头走到那头，时不时地抬头看看渠沟边的树和鸟儿。一个寒冷冬季即将过去，这些树围着村庄站了一夜又一夜、守了一年又一年，这些鸟儿也围着人飞了一天又一天、守了一辈又一辈。它们都好端端的，没有跑也没有丢，好像是庄里人的另一个化身，寸步不离地跟在人前脚后。麻雀没有跑，喜鹊没有飞，槐树也没有倒，只有一个个的人迈着步子从村庄跑了出去又跑了回来。那棵长在村口天天望着远处的古槐树知道，从村里跑出去的人有的会把日子跑出来，有的会把日子跑得无影无踪。望着古槐树，李二哥想起了很多事儿，也想起了很多日子，觉得自己把一大堆的日子都浮浪掉了、都日鬼掉了。头天进城赶羊，冷不丁的一场酒把很多事儿给耽误了，回家让女人那个骂，啊呀，想起来心里一抽一抽的，就算是再有理也没理，只能腆着脸皮低头不吭声。现在，又一个年头开始了，树都醒了，自己还能不醒？扛着个锹把走在田地里，虽然啥活也干不成，但总得想个法子找个事情好好干一回。

一田塍的农事儿从立春起，就要思谋着如何进行了。堆积农家肥、耙磨田地、备好籽种、做好犁耕……该应时的要应时，该备耕的要备耕。这些个事儿李二哥知道。他的手已经很粗很糙很干硬了，就足以证明他在庄稼地里付出的精力和心思够多了，不然，刚到不惑之年的他怎么就是一个小老头的样子了？！

人和地打交道，靠脚更靠手。走的路多，脚会起茧子。干的活多，手会起茧子。所有的茧子都是土地留给人的印记，也是人在拾弄土地时刻下的标记。握一下李二哥的手，就能知道李二哥这一年在地里干了多少活，就知道这一年的庄稼该费了李二哥多么大的劲。一粒小麦，一粒玉米，一垛柴草，一圈牛羊，一垧田地……周而复始的农事儿把李二哥的每一年都变成了躲也躲不掉的春夏秋冬，也把李二哥的每一年都变成了说也说不清的酸甜苦辣。陪他半辈子的女人年轻时还时不时望着麦浪发出咯咯的笑声，现在天天围着锅灶嘟嘟囔囔。长大了的孩子小的时候还能追着小黄狗满院子乱跑，现在大学毕业回家待着天天看着一望无垠的田野直发呆。日子把人从年轻变成苍老，也把人变得不言不语。

李二哥从地里回来时已是上午。女人端来做好的饭，又叫着娃儿一起吃。一家人坐在一起吃饭，一天的光阴已经溜走了一大截。

都快过年了，该干的事儿很多。准备几号宰羊、几号宰牛、几号炸油香、几号走亲戚……腊月里的日子得一天天掐算着过、得一小时一小时精细着过，才能把接下来春天的日子过顺当。吃完早饭，女人开始给李二哥和娃儿安排活计。扫院子、收拾屋子，到村口买点碱……一一安顿清楚后，又回头对李二哥叮嘱："今天再把牛丢了，就不要回来了。"李二哥讪讪一笑："不会了。"他便披起衣服往外走。等到中午回来时，女人看着李二哥的乖顺样，心里踏实多了。

立春了，人就得乖顺一些。硬要做一些不该做的事儿，想一些不着调的事儿，谁都不舒服。不舒服，一个季节会把人给耽误了。等追回来，该费多大的劲呢。

李二哥拎着一包碱回到家里时，晌午的阳光正灿烂。女人再没给他安顿什么，李二哥就顺势爬上炕斜躺在窗户下，迎着照射进来的阳光眯起了眼。

晒着太阳，李二哥的梦里长满了庄稼，也弥漫着春的气息。

雨　水

二月，正是新春。

雪还没有融化，河还没有解封，村庄还没有完全摆脱寒冷。一只喜鹊衔着一根枝条飞到树上搭新窝，准备迎接新生活的到来，也等待北归的燕子早早飞回。

此刻，给春天发出去的信息迟迟没有回音，心里突然咯噔一下。一咯噔，雨水的清晨有些阴冷。数九还没有结束，提前发出去的信息多半石沉大海，被无边无际的寒冷挡回，被坚硬冰冻的土地挡回，被沉睡难醒的梦境挡回。之前，风吹了一冬、雪下了一地，一个村庄被一团梦瓷实地裹紧。梦续着，冰封着，村庄何时才能醒？灿烂阳光化不了的地，喜鹊鸣叫叫不醒的梦，提前发出的信息什么时候有动静？

摸了摸路边的树枝，踢了踢地里的土块，春耕耙磨还有一段时日。土层不融化，拎着铁锹到地里收拾土地也是瞎掰。锹插不进去、犁铧用不上，费再大的力气也出不了多少活，只能等着再刮一场风、早下一场雨，早早让土地化了，好提前耙磨春耕。可雨水来了，天上不下一场雨，地上不刮一场风，只能耐心等着，等着哪一天刮一场细柔的风，下一场通透的雨，让地化了，让春潮涌了，让田野苏醒了，再下地干活也不迟。雨水日干不了什么活，就想着干点其他事儿。守了一冬的喜鹊从这棵树飞落到那棵树，从这个院落飞落到那个院落，一户户瞧看谁家有人没人。看了一圈，也没多少变化，便从村庄飞向田野，把一些散落遗留的枝条衔回，在老窝旁继续搭窝。喜鹊知道，秋分日陆陆续续飞走的燕子此时正加紧脚步往回赶，过不了多久，就会飞回来和自己一起守护这片田野、这块土地。燕子飞回来，即使一庄子的人都走光了，村庄也有灵动的气息流淌。成群的燕子陪伴喜鹊、麻雀、乌鸦起舞，在村庄上空舞出一片片云彩，在无垠的田野里谱成一首首曲子。而现在，喜鹊得在燕子飞回之前，把该准备的准备好，把该做的标记标记好，不至于飞回的燕子飞岔了路、落错了地，跑到旁人家的田地里、村庄里。

喜鹊这样想的时候，村里人就有了往出走的动静。

雨水之前，年还没过完，几个在外面跑野了的人就动了心思。一有电话或信息，就心疯地往外跑，生怕这个年里把什么落了把什么丢了。喜鹊看着他们，觉得几个人老往外跑图什么呢？他们都快把自己的村庄丢了，跑再远再长有什么意思呢？一大群的喜鹊知道守住村庄比什么都重要，几个人怎么就不知道呢？喜鹊们相互看了看，知道一些人不是喜鹊，与喜鹊也走不到一条道上，就由他们随便扑腾吧。

几个人一动弹，一个村庄就有了动静。每年立春、雨水前后，村里人就借着不同理由陆陆续续地往出走，也顺着年后的各种想法前前后后离开村庄。人一离开，村庄就空了，留下一大片空旷原野任风吹拂、任雨淋漓。村庄一空旷，麻雀有些仓皇，毛色变得麻黑了、眼神看着疲倦了。看见几个人拎着大包小包往出走，一群麻雀绕飞在人前人后，试图用群体飞落的方式劝几个人留下。可跟飞了半路，谁也没留下。半大小伙子留不住，刚过门的小媳妇留不住，在村里待了三四天就嚷着回城的娃娃也留不住。

留不住人，麻雀望着空旷的原野流出了泪。

过年期间，大黄狗们把一年没摇的尾巴都摇完了，人前人后地又作揖又舔手，想用舌尖的温度留住几个人。大黄狗也知道，自己再生一群狗娃娃也拿不起锹、拎不起锄、扶不起犁，更翻不动一块田地、种不下一粒庄稼、长不出一片风景。一个村庄得有人守着、有人住着、有人留着。有了人，地就能耕，庄稼就能种；有了人，村庄就有烟火，就有希望。人都朝四面八方跑了，一年年种着别人家的地，帮着别人家收着粮食，自己的地呢？大黄狗看着人往外走，弄不明白人为了什么，又图什么。从开春到初夏，从酷暑到入秋，狗看着田地里的野草长得比庄稼还疯狂，心里比人更着急。光靠几个留守的老人佝偻着身子去淌水、去除草、去打药，狗急得只能满滩乱跑、沿途张望。人不回来，一大片的田地能长出什么样的庄稼？一大片的庄稼又能长出什么样儿？看着几个人往外走，大黄狗有意带着一村子的狗左奔右跑地站在村口挡人，偶尔呲着牙假装撕咬几个人的裤管不让走。可最终这几个人还是一脚脚踢开它们径自走了。一个人都没挡住，大黄狗望着远去的人影，站在路中间呜呜地哭了。

麻雀和狗哭的时候，喜鹊蹲在路旁的树上叹了口气。人是长腿的东西，想走哪儿谁知道？想走哪儿谁能拦得住？人往外挪一步，就等于把村庄撂远了一步。人扭头走向村子的另一头，就等于把村庄扔在了这一头。一个人走了，两个人走了，一群人走了……村庄渐渐空了，很多事情也就黄了。几个老人守在村里没有走。偶尔找人商量一些事，连个响应的都没有。看着儿子丫头媳妇女婿一个个地跑了出去闯光阴，心里也说不出多少话儿。说什么呢？人老了，身子骨不行了，活也干不动了，说出的话能有谁听得进去？站在村口，望着后生们一个个往外走，几个老人对着几棵老槐树直叹息，也对着身后的院子直叹息。一年又一年，人在老去，村庄也在老去，一大堆的家伙什也在老去。没了人，某一处的院墙突然会倒塌，某一家的墙皮突然会脱落，某一户的铁锹突然会锈断。开春时，撂荒的田地悄悄开了几朵野花，留守的老人拄着木棍站在田埂旁，看着野花迎风流出一行清泪。其间，有人听到一些消息，匆匆跑了回来把地收拾收拾种上麦子、玉米和水稻，然后又匆匆跑了出去。

庄稼种下了，人又跑了出去。只有喜鹊、麻雀、燕子们陪着几个老人一起守着村庄，看着庄稼，天天盯着北边的村路看谁能回来。它们站在路边等，蹲在枝头等，落在院墙上等，一直等到寒风四起、飞雪飘零时，才从村路上看见几个回家的人。人一回来，叽叽喳喳、吵吵闹闹的声息又让村庄有了生机，几个老人悬了一年的心也算稍稍有了安慰。之前，他们往外走的时候，站在村口的老人会望着他们的背影把根留住，前后绕飞的麻雀会把他们的身形记住，咬住裤管不放的大黄狗会把他们的心揪住，蹲在枝头的喜鹊会把他们的魂留住。从春到夏，从秋到冬，喜鹊已经不在意人几时走几时回。它们盯着田野里的色彩变化就能知道人啥时候要走啥时候要回。田野绿的时候，一大帮子人呼啦啦地跑远了；田野黄的时候，一大帮子人又零零散散地从外面跑了回来。喜鹊不管跑出去的人一年在外到底种了谁的地收了谁的庄稼，也不管人在外面到底吃了多少苦受了多少罪流了多少泪，它只知道自己和麻雀、燕子、乌鸦、大黄狗一起，老老实实地把村庄又守住了一年。这一年，喜鹊带着燕子、麻雀天天从村东飞到村西，从村南飞到村北，一遍遍地把各家各户的院落看了又看、转了又转。等秋上天气冷了，燕子一个个离开时，喜鹊就和麻雀继续在村子上空飞来绕去。直到看见几个人从外面跑回来，又径直飞了过去看看谁家的院子先打扫、谁家的烟囱先冒烟。有一户人家回来把院子收拾干净，喜鹊就站在他家院里的树头上嘎嘎直叫。如果谁家的院子一直没有人回来也没人替他们收拾，喜鹊就再也不会多看一眼。守在村子里，喜鹊习惯了很多人，也习惯了很多事儿。但再习惯，喜鹊心里都不是个滋味。不过，它不哭，也不像麻雀和狗一样流出点泪。在喜鹊心里，它得和人保持一定的距离，不至于感情太深而让自己丢了魂，也让自己失了方寸。

喜鹊不哭，也不会平白无故地流泪。

过完了年，一个季节的春耕夏播秋收冬藏又要轮回了。趁着雨水来临，先把自家的地种好再出门也不迟。可年年都有一些出乎意料的事情发生。刚过完年，几个年轻人便收拾好大包小包往外走。一边走一边还说外面的某某人某某事正等着呢。谁知道呢。年年往外走的理由都比父母临出门时的叮咛多，都比父母送到村口唠唠叨叨的安顿多，都比当着父母的面说早早回来的承诺多。说是经常回来看看，可扭头一走就是一年，中间的人影子连天上的云彩都抓不住，连地上的狗都嗅不着，连天上飞的喜鹊都撵不上。哄谁呢？

喜鹊听不懂这些话，但从人走出去时的表情和身影就能猜出个八九不离十。喜鹊眼里，人的心一走，村庄就不会有多少人经常回来了。它最担心的是人把魂丢了，想回都回不来。它得和一大群的燕子、麻雀、大黄狗，以及一大片的柳树、杨树、槐树、榆树、小麦、玉米、水稻、向日葵、猪耳朵草、狗尾巴草一起，把村庄的魂守住。村庄不仅是人的，也是它们的。人不守了，它们得守着。守在村子里，老人叫张三的时候，它们应承上；老人叫王六的时候，它们接续上。张家王家的人不在，喜鹊燕子麻雀就姓张了姓王了。一个村庄迟迟早早得有个宗族姓氏赓续上，才能叫村庄，不然，没名没姓的，迟早会丢。

从腊月开始，喜鹊们在几户先回来的人家院子枝头嘎嘎叫了一番后，就商量好了提前搭新窝。回来的人打扫院子，它们同步衔枝筑巢。对于人，喜鹊搭窝是喜鹊的事，跟人没关系。可对于喜鹊，搭新窝却是一辈子的大事，也是这一年最隆重的仪式。人过年，需要团团圆圆，把一堆人的心收回来，把一群人的魂招回来，以便让宗族的香火绵延不息。喜鹊搭窝，需要踏踏实实，枝条相叠精心垒筑，以便趁时而动，孕育新生。老人眼里，喜鹊如同季节轮回中的先知，最先嗅到春的气息，也最先应时而动做好一年中的各项准备。它们知道自己也是村庄的一部分，搭的窝越早，留给村庄的气息越浓。它们得趁着人在的时候多搭点窝、多沾点人气。把人气沾上了，喜鹊就是飞着的人，以后村庄有人没人都无所谓。只要喜鹊在，村庄就会有声息，就会有生机。喜鹊知道“人勤春来早”，更明白“春来鸟先知”“鸟勤春意浓”。喜鹊搭窝，多半不会另择新枝单起炉，它们总是临着老窝再搭一个新窝，在林上逐渐构建形成一个树上乡村，树上楼层，一辈辈地群居生活、相依相偎。树上有几个窝，就知道喜鹊生活了有几年、家族有几代。直到窝多得快把树枝压得承受不了时，才选择另一棵树再搭窝。它们不像人随便分家单过，也不像人随便奔跑出去，各到四处去撒欢、去追逐，忘种自己的田地而去种别人的庄稼。它们一脉相承地守候在村庄里，守候在春风里，瓷瓷实实地把日子当成生活，把村庄当成生命，一年又一年、一代又一代地守候着、坚持着。

搭好窝，筑好巢，喜鹊和家家户户的人家一起，把空荡了一年的村庄搅活。地上的人动弹着，树上的喜鹊蹦跳着，墙头的麻雀起落着，院里院外的大黄狗奔跑着，一个村庄的年才算有了气息，一片土地的生活才算有了底气。

雨水日，喜鹊把窝搭好，然后蹲在枝头嘎嘎叫了起来。它一叫，屋子里吃饭的人停下筷头，才想起还有人正从外面往回赶。

惊　蛰

1

万千的事情积在一起，能把腰累弯。

不过，春天里弯弯腰、出出汗，种下的种子就能做出更多的梦。种子也有梦。种子的梦一多，一个春天的梦就多。春天里的梦一个个升腾，大地上的生灵就能欢声歌唱、恣意生长。鸣翠湖的麻鸭沿着芦苇地轻轻游弋，脚蹼拨水的哗哗声随便就把湖里的鱼虾惊醒。牡丹花乡的喜鹊在青杨、太阳李的枝杈间搭好了一个个窝，从东往西飞一回，满眼的树就绿了。春天里随便有那么一片笑声，大地的生机就呈现了。

又一个早晨，我坐在一个安静的地方追逐一朵蘑菇的行踪，是想看看一大堆废弃的枝条还能干些什么。于是用想象一路追踪。从收集成堆、粉碎成屑、打包装袋到引入菌棒、升温发酵、露出菌斑……过不了几天，一粒粒小蘑菇就开始沿着春的气息一路成长。白的、灰的、黑的……以颜色简单区分的各种菌菇把停止了生长的各种果树枝条废弃物重新利用、再度萌醒，绽放出另一种若伞若棒若冠盖的新生物，圆乎乎、细嫩嫩、软悠悠。这些改变了形状的新生物与之前趁节生长的枝条显然是沿着两条不同的生命路径一路奔跑。我望了望良田里的万枝菌棒，又看了看金贵地上的灵芝、赤菇，略有所悟地发现世间万物都会在某个时节重新轮回、演替更新。至于我，可能在某次梦醒时变成一只鸟、长成一棵树、化作一株草、开出一朵花。那个时候，我不再大声说话，只用鸟的翅膀扑腾出声音；我不再言语，只用树的枝条对着春风摇曳，用草的细嫩舒展开眼睛，用花的芳香指明蝴蝶、蜜蜂飞舞的路径。如果我想谁或者谁想我，我就像鸟一样飞过去，蹲在对面一棵树上望望他的神情猜猜他有什么话儿要说；或者让风吹吹，摇曳枝条、长出嫩芽、张开花瓣说说一春说不完的话题。

惊蛰来了，春天里的每一次晴朗都会叫醒很多沉睡的梦。一睁眼睛，就有不由自主的欢欣。晒晒太阳，看看云彩，很多时候不言语不意味着没有声息。只要每一天的太阳升起，我就会跟着一大群鸟儿放声歌唱，随着一大片树木、草丛重新萌发。我的腿不会跑，但我的根会扎、我的枝条会伸、我的花瓣会开，即便是孤单一人，也会迎着一缕春风把话儿说给天空听。

呵呵，我的梦也醒了。

2

我与时间的奔跑每一天都在进行，但是跑不过，总会气喘吁吁地败下阵来，蹲在某棵树下喘喘气、歇歇脚，或者疲惫不堪地折回去，找一个地方合眼再睡去。而时间一望无垠地从白天冲向黑夜，又一览无余地从暗夜伸向黎明。

醒来，惊叹时间的从容与坚韧，也喟叹自己的卑微与渺小。挣扎着从炕上翻腾起来，收拾收拾赶快出门，好让一天的光阴能给自己留点什么，或者找一些事情干干别让自己闲着。可出了村子，好多事由不住自己。时间面前，人做了点事轻轻淡淡，种了点庄稼稀稀疏疏，还有些事情藏着掖着不想让谁知道。可时间不一样，一开春，就把各种各样的根系、籽种唤醒。刮一场风就能让满地的庄稼长出青苗，下一场雨就能让满山的野花冒出花蕾，来一天阳光灿烂就能让满沟谷的马鹿、岩羊欢快蹦跳。地上跑的、天上飞的、山上长的、河边开的一切野生动植物，都是时间种下的庄稼，一大片一大片乘着惊蛰后的苏醒气息，泛出青意，露出笑脸，把山川河流遍布的大地全部激活唤醒，重新迎来一个充满欢笑与宽广的季节。再看看自己，事儿做了没多少，庄稼也种了没几行，还洋洋自得地把这个事儿说得天花乱坠，把那个庄稼描绘得眉飞色舞。时间面前，人不过就是一株庄稼，长得好了，能开出些鲜艳的花朵，引来些嗡嗡叫的蜜蜂，结出些健硕丰实的果子；长不好了，还不如贺兰山上的一丛绣线菊，还不如黄河边的一株狗尾巴草，还不如阅海湖里的一根芦苇呢。时间面前，有什么可炫耀的？一场倒春寒就能把人冻回原形，一瓶白酒就会把人撂翻醉倒。人再有多大的本事，也有头发花白的那一天，也有牙齿掉光的那一天，迟迟早早会忘掉一些事情，丢掉一些记忆，失掉一些东西。

惊蛰日，我从醒来后的第一眼起，就向时间伸出珍惜而臣服的钦叹。时间奔跑了一天又一天、一月又一月、一年又一年，我却睡了一夜又一夜、误了一季又一季、晃了一圈又一圈，经历的头发都白了，牙齿掉光了，眼睛模糊了，也没收获到满筐满仓的庄稼。伸手握不住泥土，抬脚走不出村路，眼睛一睁一闭，鸟飞了、人走了，只留下一片空旷相陪，一行清泪自流。我这一天天地干了些什么、想了些什么、做了些什么？迎着初晨阳光往出走，心头莫名涌出些不自在。一大堆的光阴要丢了，一大片的青春要没了，一长串的梦境要走了。睁眼四处奔跑，田野、村庄、高山、河流开始在惊蛰后的春风里一点点地长出了绿，一瓣瓣地开出了花，就连一个冬季看见过的大黄狗、大灰驴都一个个挺着大肚子准备迎来新生命了。而我却跑到泛潮的田地里，逛到解封的河流边，晃到苏醒的山脚下，满眼看见的田地都是别人种下的。见着几个人，朝东面西地说说这儿，谈谈那儿，再炫耀些什么，有啥意思？

望着一路的树林重新泛出了绿，看着一丛丛的连翘开出了花，想着一沟渠的鱼虾吵闹游移，我的脸有些发红发烧，也有些发汗虚脱。睡了一夜又一夜的觉，吃了一顿又一顿的饭，谝了一遍又一遍的闲传子，还把别人种下的庄稼当成自己的收成，把时光留下的果子当成自己的东西，都成了什么了？用爹的话说：就是个闲锤子么！人一闲，就把自己当成个锤子到处乱逛，也把自己变成个闲凤游手好闲。见着谁的庄稼长得好了，不想着怎么把自己的庄稼种好，却想着哪天庄稼熟了顺手捋一把。看见谁家园子里的果子长得丰实了一些，不想着怎么把自家园子管好，总谋算着哪天树上的果子熟了搂走一些。一旦活成个闲锤子，啥都无所谓了。手也不想动了，路也不想走了，脑子也不想转了，心也不去想了，连活都不想干了，就想吃个现成的饭，喝个现成的茶，让天供着、让地供着、让人供着。

活成闲锤子，就天天闲吊着、闲躺着、闲浪着，拈个花儿、惹个草儿、打个诨儿、插个科儿，随随便便把白花花的时间浪费掉，把好端端的青春耽误掉。成了闲锤子，驴都不愿意理视，麻雀、喜鹊也躲得远远的，连迎面遇着的大黄狗见了都跑开了。一到开春，驴都着急忙慌地胡撕乱叫，催促人赶紧下地干活，好让春天里长出青苗，别误了一季的庄稼。麻雀、喜鹊也着急，想着法子搭好窝赶紧完成一年的生儿育女任务，以便在即将到来的美好季节共享欢乐。就算是地上奔跑的大黄狗，也千方百计地东奔西跑，用鼻子嗅闻找到伴侣把情发完，然后心安理得地领着自己的狗娃们继续替人守候村庄。

而我这一天天地干了些什么?

时间不等人，也不会停下来、藏起来。它会展脱脱地一路走下去，用阳光之手抚摸大地的每一个角落，用春雨之脚丈量山川河流的每一寸土地，用草木之心衡量忖度世间万物。你流多少泪，你使多大劲儿，你干多少活儿，你做多少事儿，时间会看着，会记着；你玩掉多少光阴，你丢弃多少记忆，你浮浪多少青春，你偷吃多少庄稼，时间会看着，也会记着。你与时间奔跑，能跑得过吗？你跑它也跑，你睡它还跑，你能追得上时间吗？你用一辈子的追赶都没跟得上时间的趟，更何况你在惊蛰日里还睡着。

春天来了，桃花开了，河水流了。

站在村口看着一群驴奔跑，我也得跑了。再不奔跑，连驴都撵不上了。要是连一群牲口都撵不上，爹会在院子里骂：羞先人哩!

3

无论怎么变，天还是这片天。

变的无非是阴晴，无非是圆缺，无非是组合，无非是视野。一大早看着村子空空的，知道先知先觉的人早跑了，先醒先悟的人早走了，只留下一些睡不醒、跑不动、走不了的人还在炕上睡着，在院子徘徊着，在村口张望着。睡着的人迷乎乎的，跑不动的人心慌慌的，走不了的人木呆呆的。从风里听到一些消息，没跑掉的人心里有些烦躁，也有些无奈，只能静静看看天、望望原野，在伸展的光阴里看着云彩一卷一卷地飘来流去。

从涌起一股无名的伤感开始，一行泪就不由得流了下来。站在院门口听风，听不出风说了些什么，也嗅不出风里还有什么气息。风没刮的时候，夜沉沉地把人塞进梦里，一长串一长串地任由睡梦胡言乱语。等醒来听到一些乱七八糟的消息时，人们从四面八方跑了过来，相互打听一些事情，也各自想着能走不能走、能走哪条路、能挤哪个门缝。相互打听的时候，不同的悄悄声从一个村子传到另一个村子，把一个又一个睡着的人惊醒。掌事的知道，一些消息根本不重要。真了又怎样，假了又怎样？该留的照留着，该守的照守着。那些树、那些草、那些鸟、那些驴，那些走也走不动的村庄，都得静静站在原地，或者挡在某个路口，任凭一览无余的阳光随意倾泻、继续照耀。

听到风里传来的消息，正在赶驴犁地的二叔停下了吆喝，站在地里呆呆望着云彩出神。看到路边有了动静，正在路上奔波的三姑停了下来，拦住几个行人问问前面到底发生了什么，但谁也没言语。

没人吭声，很多无形的东西就把人的心揪得咯噔咯噔。没人吭声，三姑只觉得心一下子空了，还有很多的不踏实让自己的手发抖、心发颤、头发汗。

一首歌响起，让很多往事涌了回来。醒着的人听着了，睡着的人听着了，走动的人也听着了。歌曲里的呢喃忧伤一遍遍地反复又一遍遍地诘问，循环往复地把心里想的事情拉长又伸展。此外，风挟着大地气息左左右右地把每个角落里的人们吹拂，也把惊蛰里的各种虫虫、鱼虾叫醒。风不管大地上发生了什么事儿，只一个劲儿地刮。从东刮到西，从白刮到黑，从沙漠刮到平原，从草原刮到高山，又从高山刮到村庄，把山川河流的每一寸土地抚摸。长在河岸边的树被抚摸了，躲在圈里的羊被抚摸了，隐在林子里的鸟也被抚摸了。能够看见或者触及的东西被一首歌忧伤，被一场风抚摸，也被一条不明就里的消息所游移。二叔站在田地里，三姑停在路边上，期待有一个人能告诉他或她一个实情，可等了整整一个冬季，都没有听到一句有准称的话儿。来来往往的人表情沉默了，一句话也不说，就匆匆擦肩而过了，只留下一大片沉默瓷瓷实实地长在田野里，任凭起起伏伏的风反复涤荡。

没人吭声，一些消息就没有准称，也不再指望。该种的庄稼照样种，该走的路程照样走，该费的心思照样费，该哼的歌曲照样哼，不然，日子会被自己的失策打乱，也会被无端的消息中断。弯下腰收拾好各种家什，赶着驴去犁地、去耕种，是不需要有谁左右的。二叔回过神来，朝着地里啐了一口唾沫，然后扬起鞭子赶着驴继续犁地。三姑问了好几个人也没有谁搭理她，就收拾收拾头巾拦住一辆车继续前行。朝前走的路，多多少少都有方向，选准了就走下去，不要随随便便停下来，也不要随随便便中断折返。一停下来，或者中断折返，很多该干的事干不成，该走的路走不了，该看见的东西看不见，还会让一辈子的人生蒙羞。往往，听错了话，就把路走错了、走偏了、走误了。而走对路只需要心定神明就行，哪管那么多的闲言碎语把心搞乱，哪管那么多的飞蛾扑火把方向改变。

站在季节的岔路口，左边的天和右边的天连在一起，还是一片天。为什么天会被分成左，分成右？想想这些日了怪的想法，再看看一些表情，二叔冷笑了一声。

抬脚继续走，迟迟早早会走到一处安心的地方。

春　分

1

一场雨后，地上的草冒着嫩芽丛丛长了出来。绿意间的嫩顿时扫去枯萎了一季的寒冬，也把大批的鸟唤了回来。泛着青意的树丛间，喜鹊上下翻舞，麻雀成群闹腾，让干涩的天空顿时有了滋味。飞来飞去的鸟让地上奔跑的狗羡慕不已，恨自己不能像鸟一样长翅膀飞翔，只能看着自己奔跑的影子假想飞翔。就像我一样，经常在梦里腾云驾雾走东闯西浪世界，等双脚一蹬腿肚抽筋冷汗胡冒梦醒时，才苦咧嘴巴发现人生真有宿命。春分一来，天地间略微升腾的暖意，会让睁开眼睛看到的各种生物一如既往地轮回生长。

春分日，有个汉子从外面走到我的办公室闲谝，说是满大街女人穿啥的都有，裙子、短袖、羽绒服，薄厚不一，让人不知道这是个啥季节。我笑着说，肯定是春天么，天都没变正常呢，人能正常么？说完，才想起又一个春天来了。从春节到春分，天天忙忙的，连春来后的自然变化也没细细品味！除了偶尔上山巡查，夜里加班回家路上的感慨，还没怎么静下心来好好体味春天、享受春天，也没多少时间品茗春天、感知春天。感觉里的每一天，不是东拉西扯瞎忙乎，就是有黑没白地忙事情，好像与己同行的季节根本不存在，也好像远远站在生命的另一端窥视春天。

这是什么事儿？

抬头望窗外，夕阳残照又从对面医院的玻璃幕墙上反射了过来。这一天又结束了。可屋里还有人等着说话，还有人打着电话催这催那，还有几个没有处理的文稿需要看看。几个小姑娘跑着干活都干不完，哪还有一天又要过去的感觉？呵呵，这日子过得让人不好言语，只能任凭夜幕降临，渐渐驱散与之有关无关的事情了。

隔壁老王屋子里的争论声还没结束，楼顶上吱吱呀呀搬椅子的声音仍在作响。缓缓神，听听音，才意识到除了我们几个在忙，还有更多的人在忙，此外，一群群的人也都在忙。都在忙什么呢？有时候的忙在腿脚上，有时候的忙在声响上，有时候的忙在脑子里，有时候的忙在时间上。如果没有记错，大寒的时候，忙得不知道外面是否下了雪。雨水的时候，忙得不知道天上是否降了雨。到了惊蛰，还没有看清楚城里的玉兰花怎么结出了苞，露出了瓣，天气就转暖了。现在，春分又来了，也没有看清这一天的天气是阴还是晴，只记得这一段时间没回过几次老家，没见过几回爹娘，也没和家里人用心说过几句话，一大截的光阴就被低头伏案的写作代替了，被复印成堆的稿纸代替了，被数次打爆欠费的电话闹晕了。等静了下来，又一个半月没有了。这期间，熟悉的友人约了又约没见着面，拜托人的事情拖了又拖没个准信儿，就连大伙设计好的月度工作、年度计划也因为不断的意外事断了又断。

一个春来的时节，让一大堆人忙得不可开交，也没了多少感觉，更没了多少可以抬头看天空的冲动。忙着、累着、疲惫着，坐在车上可以三五分钟就睡着，躺在办公室椅子上可以偏头发出鼾声。好在案头上的图书中有猫科动物，有鸟儿歌唱的图片，有乌林鸮的展翅触动灵魂，有贺兰山的马鹿、岩羊随时唤起记忆。若不是这些天地间的精灵相伴，这日子飞跑了都不知道自己干了些什么。当然，更重要的是与己同行的相知相伴者，都在不同的岗位、环境里做着初心不改的相似事，都在彼此相应相衬的支撑勉励中一起同行，一起奔波，一起在行走的路上相陪相伴。

从疲惫中起身，北归的燕子是否归来？

收拾收拾往回走，才想起春分日是妻子的生日。便着急忙慌打电话给妻子，一起聚聚过生日。电话那头，妻子也忙着，早把自己的生日给忘了。

怎么能忘？这是谁的春分？

挂了电话，黄昏已被夜幕淹没。

2

下雨了。

春天的第二场雨下得比较透。从凌晨一直下到现在，把视野里的天空下得灰蒙蒙、雨淋淋、车声声。雨天里的城市，人是躲雨的。在乡村，人是盼雨的。“春分麦起身，一刻值千金”，只要有一滴雨，农人会像惜油一般地珍惜。这几年，天气预报每每播出有雨的气象信息，城里人想的是出行是否方便，农人则想的是如何做好下雨前后的预防与利用。如果雨大，要预防温棚前后的墙不要被泡塌，鱼池里的水不要漫过围塘让鱼跑了。如果雨小，山里的人家就赶紧赶驴套辕上山犁耙，把该种的籽种抢墒种上，把麦地里的土肥撒施翻盖上；川里的赶紧把瓜地的畦垄打好，把枸杞地的垄沟刨好。天上的雨是福水，量大量小都能用。对农民而言，如何用好是关键，缺水的干旱区盼雨想雨爱死个雨，一下雨，就把水窖打开，清理好水窖联通屋顶的管子，为家用储备好足够的饮用水源，不少的娃娃还会冒雨上学，一路让雨淋个够。到了雨水充足的林区，娃娃们或许还在热被窝里再贪睡一阵，可早起的大人们却会披衣出门，手里掂着一把锹或一股杈，看看房前屋后是否漏雨。降雨线不同的地方，因雨形成的生活习惯不同，对雨的珍惜程度不同，利用程度不同。除非娃娃们跑光了、村庄里没几个人了、也没有什么眷顾了，进了城天天都有稳定保障的自来水，一般人不大担忧生活中是否有水没水。甚至从乡村进了城的人，也会在时间的推移中渐渐把缺水的事情丢在脑后。尤其是年轻的娃娃们，早把没有多少记忆的村庄忘光了。

雨下了下来，人的感觉、记忆都会以不同的情形地涌上来。至于涌到什么程度，就要因人而异了。按照古人形成的节气物候经验，春分过后的半个月内“一候元鸟至，二候雷乃发声，三候始电”。“元鸟至”的意思是燕子北归，开始飞向北方气温回升的地方筑巢育子、安家乐业，直到秋分后，又南飞而去。打雷在这个节气也会出现。春分时的三候物象，隐隐揭示着人与自然之间的潜在对应关系。这种对应关系中，自然界里的各种生灵会以不同的勤劳方式播撒籽种、孕育生命。世间万物都有代际传承、香火延续的传统。人会在春分前后为儿女成家立业找个姻缘，早早地从腊月到开春把丫头嫁出去，为儿子把媳妇娶回来，以便早生贵子，让一个家族在年内添丁续福。天上飞的鸟趁着这个时节大规模迁徙，准备找到一个合适的地方配偶产卵、繁衍生息，然后在秋风落叶时择机回返。地上的走兽、牲口在这个时节先后进入发情期，着急忙慌地循着异性的气息寻找对象，以完成一年最重要的生命仪式，为种群延续留下一些根脉。如果发情期没有得到宣泄，一年的情绪都会低沉。就像非洲雄狮，如果找不到伴侣或者被更强大的对手剥夺去交配的权力，过不了几个季节就会自行消失。驴是最具代表性的牲口，三四月发情得不到满足，干啥活都蔫头耷脑。这是生命本能，自然规律。在生命追求上，人和动物有着基本一致的本能。

雨继续下。干渴了一季的北方大地尽情吮吸天赐之水。冒出绿芽的马兰花舒展着叶子肆意享受，平原嫩绿的麦苗使劲拔节。雨落的瞬间，埋在土地浅层的根系开始发出独特的声响，睁开眼睛一个劲儿地朝着紧密无缝的黑暗深处扎根。它们在土壤深处寻找探索，一直用暗处的力量支持反向生长的花草树木占据天空。长在大地上的树，开在春天里的花，是根系向往天空的憧憬，是根系深深扎根的梦想。根深叶才茂，年久方挺直。若不然，一场狂劲的风会把它们中的浅根树种连根拔除。

这个时节，种在地里的籽种借着雨水的浸泡，开始膨胀破裂，从两端冒出小芽，然后兵分两路，一头向下扎根，一头循着风的方向一路向上。在嫩芽顶破土壤后，开启与风同行的旅程。籽种心里，春雨是催生生命的源泉，只要一滴雨的滋润，一粒种子就会尽情生长发育，朝天竖起一片绿意。茎蔓、枝干、绿叶，是籽种奉献给大地的作品，是籽种向往天空的风景。长出来的花花草草、枝枝蔓蔓哪怕被羊的嘴啃了、被牛的舌卷了、被马的唇亲了、被鹿的口噬了，即使没有完成生命的全段历程，也是幸福无比的。

任何生命都有自己的幸福观，都有自己片刻享受的幸福记忆。维管植物会在发芽含苞中享受风吹拂的舒畅，沙生植物会在雨落之时享受吮吸成长的快意，哺乳动物会在晴朗干净的隐蔽处享受发情交配的快意，水生动物会在排卵阵痛中享受鱼虾成群的憧憬喜悦。就连栖息的鸟儿也会在吻颈相交、孵蛋守候中享受雏鸟出壳时的欢悦。生命演替实质上是阵痛与欢乐交织相续的过程，也是自然物种相依相偎守望相助的过程。每一种物种在春天里撒下的生命种子，都是为着一个种群、一个家族，一种特殊的强大而采取的不自觉行为。单体的孱弱与无奈，往往招致灭顶之灾，唯有留下种群，才能让生命延续。人明白这个理儿，便会娶妻生子延续香火。动物明白这个理儿，便会寻找配偶，相交生仔。一样的道理，一样的规律，只是在不同物种身上表现的形式不同而已。

下雨真好。

3

连绵雨、飞舞雪，交织着北方的春景。乍已暖、忽又寒，捉弄着北方的人们。跟着呼啸的大卡车翻越八达岭长城的时候，沿途的雾凇挂满枝头、覆满群山，让人看不清哪里是山哪里是天，连蜿蜒其间的长城也被雾凇抹白没了踪影。

按道理，这个时节的北方大地应该苏醒了，万物也复苏了。只要一丝的暖意，各类花草树木就会挣脱土层，顺着一天又一天的温度上升含苞待放了。可春分后的几天，连绵的雨下个不停。从乌鲁木齐到银川，从呼和浩特到北京，从祁连山到贺兰山，从大青山到燕山，西北华北一线的北方地区被三月的雨纷纷笼罩着。当然，雨夹雪的情况在北方也不足为怪。祁连山、贺兰山、太行山、燕山一带的沿山城市、乡村或者一些平原地区，都在这场春雨中夹杂着些小雪，让这个轮回而来的春分日变得纷纷扬扬。

春分日下雨下雪，是上天赐福。一个冬季没给够的，春天给你补足。有记忆的冬天，多半阳光灿烂、晴朗无比，连春节前后都没有降一粒雪。暖洋洋了整整一冬的人们因为开春干旱涌起了些许紧张，心里盼着老天赶紧下点雨。从雨水开始，北方大片的地方竟然久违地下了一场雪，一下子把人们的担心消除了，把北方的旱情缓解了。到了惊蛰，又飘了一场小雨，算是万物自然轮回之前的唤醒。春分日，老天仿佛翻开农谚验证，一场接一场地下雨，直直把北方干渴了一季的土地滋润透，也让刚刚冒出芽的花草树木吮吸个够。这在人心里是个好兆头，心里怎么想的，现实就会出现。春分多下雨，一年好光景，更何况是连绵不绝的几场雨。隔着车窗看雪，下得车来听雨，苍茫群山中的雾凇让春分日有了更多静谧。

春雨不停，飞雪翔舞。沿着曲曲折折的林间小路行走，沿途山坡上的树林仿佛接受了一次天浴。树皮借雨露出了青黑，树枝借雨透出了嫩绿，纯纯净净、清清爽爽地随风摇曳舞动。树与树之间、枝与枝之间，相互絮叨着没完没了的话题，相约着雨后看谁长得更高更漂亮，也勉励着一起扎根一起绽放出更美的风景。自然界的一切物语在雨雪交织中变得呢喃不已，也让沉寂大地深处的力量一一涌动不止。下雨天，鸟儿采取了守势，纷纷躲在树洞里、窝巢中、屋檐下，静静观瞧雨滴垂落时的过程，也静静聆听雨溅泥土时的声音。树林子里除了沙沙作响的雨滴声，便是淡雾迷蒙的氤氲气息。鸟儿退守在自己的方寸小巢相依相偎，人也躲在家里不出门。当然，也有很多耐不住性子的人，三五成群地相约出门，或小酌或小麻，用喝酒麻醉、消遣娱乐的办法过雨天。又下雨，有些不走的路不走了，一些要办的事不办了。管他呢，能过一天是一天。

日子就是这么回事，该忙碌的时候忙碌一点，该闲散的时候闲散一些，不能忙闲不分、阴晴不辨、冷热不理、黑白不别。连鸟儿都知道雨雪的时候不出门，更何况是人呢？人和鸟差不多，只不过鸟是站在枝头筑巢而居，人是盖房子建楼居家生活。某些时候，一家几口人守在屋子里嗑瓜子聊天看电视的情形与一窝蹲在枝头的鸟儿没什么区别。早晨出门晚上进门也与鸟儿一阵子飞走一阵子落也没有多少区别。人和鸟儿之间，无非进进出出、寻寻觅觅、磕磕碰碰的经历不同而已。

一场雨继续下。

一片林子静了下来，一座城市静了下来，一座山静了下来，一片大地静了下来。静了下来想一想，有些迈出去的步伐，说出去的话和泼出去的水没多大区别。走了就走了，说了就说了，泼了就泼了，于这个世界有多少痛痒呢？

就是，有多少痛痒呢？

清　明

1

说好了一起走。可到跟前，一场雨把你的想法改变，也把约好走的路延了又延。事情多是经常的，理由多也是正常的。可把一个春天误过怎么办？

雨是趁夜悄悄下的。

清明节前夜，一场雨又下了下来。你说雨大就不上山种树去了。听着你的话，我心里咯噔一下，什么也说不出。我心里咯噔，不是因为你失约，而是因为好多人都会像你一样做出同样的选择，然后用不同的理由来解释自己。解释什么不重要，重要的是一次相约没兑现，那么多树谁种？那么多沙漠谁治？想了想，不去也不勉强，毕竟是一次轻诺，又没按手印，也没硬要求，都是说笑对嬉耍的事情。随口就是那么一说，早就成了很多人的一种生活方式。你说他正经吧，总见不到行动。你说他不正经吧，说的话比谁都好听，理由还没法子反驳。想想还是算了，你不走我走。我和白芨滩约好了去看它，也和那里的树约好了去栽它，谁去不去没什么，我得去。我得兑现我的承诺，我得完成我的约会。有时候，一个人老把别人不正经说出的话当成正经的事，往往会失去很多的约。与其那样，还是一个人走得好。

实际上，拾把锹种种树，早早占据了开春后的心灵。

别人开春后干什么管不着，自己干什么得有个主意。一个人能在春天里干多少事儿？说不清。但有一条：得抓紧时节多干点事儿，否则一不留神，春天就没了。春天干不了事，一年还能干什么？从“二月惊蛰又春分，种树施肥耕地深”到“春分有雨家家忙，先种瓜豆后插秧”，从“清明前后，种瓜点豆”到“植树造林，莫过清明”，多干点事儿总比斜着躺着站着躲着推着哄着转着骗着溜着玩着虚着混着的好。这是基本的，也是必须的。不然，人混死了闲死了虚死了躁死了要死了都不知道春之于人的重要性。一个把春天都轻易丢掉的人，能指望他干什么呢？

走，拾把锹，一起种树去。

种树是好事。尤其在清明前后种树，更有意义。种一棵树，就是种一颗心，就是种另外一个自己。树能长多大，人心就能容多大；树能长多高，人情就能伸多高。树和人一样，都有自己的梦，也有自己的心。只是人心是肉长的，树心是木长的。人树同心，天地同气。可树不会自己走，得靠人帮忙。人帮树，就是帮自己。多种一棵树，就是帮树多走一段路，帮自己多还一些债。人把树从偏僻的地方种到山坡上，树会透过枝繁叶茂看到更远更美的风景；人把树从阴潮的地方种到阳光里，树会借助吹拂的风把人的情义传播得更远更深。

种树积德、造林成景，多好的事儿。

树不会说话，只能把满肚子的话儿长成叶子、飘成飞絮、散出花香、卷成曲子，借着东来西去的风说个不停。风是树的传话者，会把不可言传的悄悄话一句一句地说给旁边的树儿听。垂柳会以雌雄嫩叶交织缠绕，杨树会以飞絮飘舞表达爱情，桃树会以蜜蜂传粉受孕新生……只要有一缕风，树会说出更多更长更远的话，也会说出许多意境不同的故事。

人长高，为了走得更远；树长高，为了看到更广阔的天空。趁着春风猛长几寸，一棵树就会接近天空几寸，生命也就会精彩几分。向着天空，树铆足了劲向上长。长一寸，就有一寸的天空之美可以领略。否则，便会丢掉许多风景。看不到更广阔的风景，树会忧伤低沉，就像怀春的女子，没有吉士诱之，心意会烦乱，更会失魂落魄。

种种树吧，趁自己还不至于心灰意懒有俗气，还有一把子力气能干一些活的时候，上山种种树，挺好。

2

桃花开了。

马鞍山前的斜坡上涌满了蜜蜂吸吮的嗡嗡声。斜坡下，黄杏枝头的粉红花蕾静静膨胀着，趁着清明节前的气温回升做好待放的准备。远处的甘露寺被一道堤坝林掩映着，袅袅传出藏经阁轻诵的经声。几只苍鹭来回盘旋，将毛乌素沙地一角的台地折叠成青黛山峦。

又一个清明来临，自然万物借着阳气回升早早做好各式各样的开放准备。沙边沟谷间的白杨树皮渐渐泛青，山坡上的云杉、樟子松墨绿成片，穿插其间的垂柳再度露出叶芽，嫩嫩的、绿绿的，可以把一寸寸惊奇的目光嫩透浸润。路边的贴梗海棠、连翘、金叶榆争相绽放不同的花朵，把马鞍山前的山坡染成另一重天地。这是花草树木趁春发情的信号，也是各类物种必经的过程。伴着季节复苏，藏了一冬的野兔悄悄钻出洞外，伏在山坡枯草丛中四下张望。偶尔，几只山鸡从林间飞起，把白芨滩的沉静打破。站在马鞍山、甜水河、羊场湾、大泉的某个制高点，白芨滩被春的气息包裹，也被各种竞相生长的力量拥簇着。

从雨水开始，白芨滩的种种生物重新启程。接连三四场春雨，让荒了整整一冬的沙漠重新露出绿意。等到清明时节，柠条、沙打旺、沙冬青、沙棘、花棒们像睡醒后的姑娘，懒懒地迎风伸着枝条，待缓缓神，又伸直了根系猛劲扎根，用纤细的毛细血管吮吸沙土间的水分。再过几天，这些野生沙生植物便会从从褪去灰白树皮，用漫不经心的力气把干枯的枝干一星一点地浸透染绿。再之后，几场风就会让一座座沙丘不经然变绿，然后为白芨滩悄然换上另一番景象。

大自然就是这样，只待物候条件一变，就会凭空变出很多让人意想不到的风景。更何况清明时节的几场春雨，足以让这些沙漠精灵过足吸吮的瘾。只可惜，它们不言语，只用随风摇摆的枝条、叶片和花香向世间空旷表达心意。从一粒种、一棵苗开始，它们被人珍惜般地撒下种下，然后静静地守护一片沙丘开始生长。众多的野生植物不会走路，只能借着外力帮忙才能走得更远。它们的路程多半在心里，也在天空里。每一天每一月每一年，能往上伸一寸，就是朝心里想的地方走近一步，就是朝天空的方向走近一步。它们朝着天空加紧赶路的时候，刮风下雨打雷不重要，重要的是根系还能坚定地支撑自己向上伸。在沙漠里，它们长不高，只能扎深根。如果根太浅，随便一场风，就把它们连根拔去、随风带走。现在，它们早已挺过最煎熬的时刻，再大再猛的风也不能把它们怎么样。根深才能叶茂。也许所有的沙生植物都在基因密码里明白这个理儿，便齐齐相约在春天，根连着根、叶碰着叶，群群丛丛地对视而笑、相约而生。它们生长在沙里，欢笑在春风里，不孤单、不寂寞，只愿一片大地能丰盈、能精彩。

与有德叔踏着沙丘边走边聊，一只只紫里带黑的金龟甲不知从哪里冒了出来，跟着我俩没规则地奔跑。一忽儿东、一忽儿西，仿佛边跑边议论前面两个人到底想干什么。它们从温暖的沙丘上奔过，后面便留下一长串起伏不一、密密麻麻的爬痕。我俩往前走，它们在后面跟着，但没有走多远，几只跟过来的金龟甲就陷落到我俩走过的脚窝里。但它们不依不饶，挣了命地从脚窝子里爬上来继续跟。我心想，清明有三候，这一候时冒出大量的金龟甲，有什么意喻？它们又能扑腾多久？有德叔笑着说，金龟甲看你来了，欢迎你呗！然后又补充：可别小看了这些小虫虫，它们可是沙漠里最坚强最倔强的生命。有水它们能活，没水它们也能活。是吗？我弯下身子仔细端详这些小家伙，黑里带紫，甲壳坚硬。它们不怕人，也不怕打麻烦，跑到我俩脚底前，嗅这嗅那，有几个胆子还挺大，竟然顺势爬上鞋子往里钻，想看看鞋里究竟是什么样的世界。没接触过这些小虫虫，便随手拂去几只爬上来的金龟甲，然后继续朝前走。

白芨滩流动的沙漠现在基本控制住了。四下张望，各种维管植物把高低起伏的沙丘紧紧拥簇。稍微抬抬眼，就能从影影绰绰的灌丛间感受到大地阳气的升腾。古籍《月令七十二候集解》论清明：“三月节……物至此时，皆以洁齐而清明矣。”意思是农历三月初三之后，大地阳气上升，世间万物开始清朗而净明地轮回了。清明十五天里，一候桐始华，二候田鼠化为鴽，三候虹始见，早早地隐喻了人与自然环境之间的某种契合。按照古人的说法，如果清明时节桐树不开花，当年可能有大寒；田鼠没有化为鴽鸟，会出现一些贪婪残暴之徒；天上不出现彩虹，还会发生一些社会不道德的事情。可这是在沙漠里，这些物候征兆能如期呈现么？遵从自然也罢，敬畏自然也罢，改善自然也好，只要有一颗和沙生植物一样质朴的扎根之心，任何一种生境都会创造生命的奇迹。

走在沙丘之间，有德叔时而蹲下身子摸摸沙土，时而走到灌丛之间捋捋枝条。治沙与种田不一样，得趁早、得使巧。治沙几十年，每年老年没过完，有德叔的腿脚就闲不住了。立春后，每天天刚麻麻亮，有德叔就从家里跑到白芨滩，上这个山头，下那个沟谷，踏踏沙子、摸摸土粒、走走山路、听听风声，看用个啥法子把一大片沙子治住。带领一帮子人治沙这么多年，天天朝沙地里跑都成了他的习惯了。那些被他带领的人一锹一土种下去的、已经长高了的花草树木也习惯了他的每天光临与抚摸，好像一天看不见他，就丢了魂一样。一看见他，就使劲开花，尽情吐绿，招引他停下脚步歇息歇息好好唠嗑一阵。花知有德叔的苦，树知有德叔的苦，谁人不知有德叔的心？有德叔也一样，天天被这些个不说话的树树子、草草子缠绕着、拥簇着、熏陶着、牵挂着，走到哪里都三句不离本行地说治沙、谈治沙、论治沙，劝人多照顾自然，多眷恋生态，多积生态德。治沙大半辈子，他的腰有些弯。可腰再弯，也得把沙治了，把树种了。

灌丛沙丘之间，股股气息飘飘摇摇。我知道，那里有人树一体、人沙一体的精神升腾，自然也有一个人的心在大地上涌动。

3

树种下了，心里也踏实。

坐在一个沙丘上和爷爷说话，一缕风把旁边的花棒、芨芨草催醒，顺势泛出一些绿意。爷爷睡在远远的坟头里，有话说不出来，只能让旁边的沙生植物代为传话了。梦里给我说的，有些能记住，有些记不住。可花棒、芨芨草传出的话，有些还是明白的。我知道那一头有个人天天牵挂着我们，也在天堂天天看着我们。我们也在心里念着他、想着他。现在，我也长大了、长老了，脸上也有他曾经的皱纹了。

爷爷，我现在正在走你走过的路，只不过这么多年，我把你过去赶车拉土、耕田犁地的辛苦劳作变成适应城市生活的一种方式，总把自己看成是一个耕耘在城市里的农夫，成天成夜没完没了地写个不停。在城市里种庄稼不容易，不像小时候你带着我种蚕豆、种西瓜那样轻松。城市里是种楼、种心、种梦想。楼种错了，会破败的；心种错了，会迷途的；梦种错了，会走丢的。我不想破败，不想迷途，也不想走丢，就天天压着性子，和着一帮子伙伴一起走路。我也不知道和我同行的人到底有多少可以合群走到底的，也不知道每一天和你一样的耕种到底能结多少果实，可我相信你说过的话：从善守心善待人、做对事、走对路是一辈子的事情。这些年，父母经常提醒我：走路可要小心，千万别走错了路。还经常拿你的话劝我们几个莫做错事，莫做错人。我知道这些话都是对我们好。我听你的话，听我父母的话，也按你们的意思一年年走了过来。我觉得有你们在，我的脊梁是挺直的；有你们在，我的心劲是向上的。

爷爷，这个清明，我种了五十棵树。其中的十棵是为你和奶奶种的。你来这里的时候，老家院子里的三棵柳树不能陪你来，也不能为你遮阴挡阳了，它们捎话给我，让我帮它们给你栽上一些树，好挡挡另一个世界的阴凉。我听了，就在这里种了一些树。不管挡不挡阴、遮不遮阳，你有话给我说的时候，就让风吹吹那些树。再不行，就叫蹲在树上的喜鹊飞到城里去叫我，我会过来的。

爷爷，我有时候很疲惫。一疲惫，连话都不想说。不想说的时候，很多话窝在心里难受。可又能给谁说呢？只能静静守在夜里望着星空出神。一出神，就能想起你，想起你我爷孙两人坐在驴车上一起挖土、一起上工的情形，想起你冒着太阳下地干活满身浸水流汗的情形，想起你冒着寒冷从东山拾煤拉煤的情形。你过去说的很多话，大多都忘了，现在只能靠自己的经历一遍遍地反刍、体悟，才能追想起你说一些话的用意。你过去走过的路，大多都改变了，现在我只能靠自己的脚板一步步地跋涉、丈量，才能一寸寸地找回当初的路。每年清明前，我都是陪着父母沿着当初送你的路途找到你，陪你和奶奶说说话、唠唠嗑。可今年，我迟了一步，没能跟着家人一起过来看你。现在，我只能坐在这块沙丘上，远远地对着你的方向看你想你。

我知道，想你的这条路分成两岔，一岔通向亲情浓郁的过去，一岔通向一往无前的未来。站在中间的，是人活着的现在。而在清明前后，世上的大多数人都和我一样，在追思缅怀与憧憬美好之间同时面对两种发自内心的对话系统，一个是自然物语，一个是心灵寄语。大地阳气上升，自然万物重新开启生命历程，你和更多远去亲人的灵魂化成万千花草树木，告诉我们又一个美好季节来临，得百倍珍惜时光，加紧脚步赶路。同时，你又和更多远去亲人在寒食节里寄语后辈，珍重人生，善待亲情。丝丝缕缕、呢呢喃喃，让我们的眼看得更清,让我们的心辨得更明,更让我们灵魂安顿得更宁静。

清明一场雨，种树五十棵。抬眼望去，几朵云彩飘过来，而爷爷的笑容就在云彩间……

谷　雨

1

说给土地的话，麦子能听懂。

春风一嘱咐，麦苗齐刷刷地冒出头，把荒芜了一冬的土地一一染绿，也把春风吹过的地方一一长实。

麦子的故事藏在土地里。什么时候种，什么时候扎根，什么时候出苗，什么时候拔节，什么时候结穗，都由麦子与土地来商量。它们之间说了啥，谁也不知道，只知道地里长出了麦子，麦子迎风长在春天里。谁想弄清楚麦子和土地之间的故事，得钻到地里去寻觅。川里的老鼠翻腾过，塬上的兔子抱啮过，坡上的石鸡刨食过。人是没法钻到地里去看的，只能挖半锹麦苗，看看麦子的根是怎么扎的，麦苗是怎样长的，其他的秘密，就让麦子长成茎秆、结成麦穗吧。

每年开春，种下麦子最关键。种下麦子，就种下了收成，种下了肚皮。不种麦子，有些田地不情愿，觉得寡淡无味，就连树上的喜鹊、麻雀也觉得少了点啥。不种麦子，夏秋刮起的风会把眼睛刮得发蓝，会把胃口倒得发酸，也会让一些人把家乡忘得一干二净。从立春到雨水，从惊蛰到春分，从清明到谷雨，老庄户人都会盘算着怎样把麦子种下种好。可现在，长大了的娃儿们都跑了出去，从春节出门到现在，连个音信也没有。跑哪儿去了？干啥去了？很多人不知道也不想知道。知道了让人操心，不知道了心还静一些。偶尔碰着几个人，相互闲谝一阵，就陌生般地各奔东西。人与人隔的时间长了，心里就渐渐淡了。一淡，连想说的话都少了，顶多是一些无关紧要的寒暄，或者东一榔头西一棒槌地打岔。有的说了半天，也没有想起刚才说话的人是谁。人和人不常见，能记住名字的不多。怪谁呢？谁也不怪，只怪时间过得太快，人来往得太多，年纪老得太早。

春分种下的麦子，清明就能冒出头。

早在立春时，庄里的年轻人就借着各种各样的理由跑出去。人跑了，地还留着。不种，就废了。守在老地方的老人站在村口，望着一大片的地直发呆。什么时候耕耘、什么时候播种、什么时候施肥、什么时候淌水，都得有人来干，还得一天紧似一天地盯着。不然，误了农时，麦子长不好。麦子长不好，一年的收成就会误掉。庄户人眼里，春天里种下麦子心不慌。把麦子种下，天天看着麦苗往出长，心里有底，家景也有底。把麦子种下，就能从容地跑到外头找点零活干干，中间还可以跑回来照顾照顾庄稼，在田埂、水渠旁补种一些玉米、葵花、蚕豆、黄豆等。如果春天不种点粮食，后面的饭碗就端不稳。饭碗都端不稳，种再多的地也没啥意思。望着一片地，春天里的耕耘播种得抓紧了干。不然，所有的梦都会被春风吹跑。一吹跑，想追都追不回来。春天里把汗流下，把劲使足，一年的光景才能踏实，才有收获。不然，空扎着两只手瞎摆活，空张着嘴巴瞎忽悠，空想着别人地里长出自己的庄稼，迟迟早早会把一季的希望耽误掉，也会把一年的光景丢失掉。

春分日把麦子种下，谷雨日给麦子灌一回水，一年的庄稼就有收成了。从春分日开始，村里村外的人都忙碌着，急急慌慌地干完这桩干那桩。谁也没有预料，也不知道哪来那么多的事情干也干不完，推也推不掉。事一多，很多节奏就不由自己。事一多，人着急、地着急，唯有麦子不着急。人一着急，春天就变得很短。很多想做的事情还没想圆泛，一天就过去了。很多想干的事情还没腾出手呢，一月就过去了。很多正在干的事情还没收尾，一个春天就过去了。好多时候，低头干活时，冰雪还没化开，可一抬头，成排的树都长成了绿墙，掩住了天、盖住了地，也挡住了鸟语花香。偶尔停下脚步想把一些事情想通看清，可紧赶慢赶还是误了很多事儿。土地也着急，趁着惊蛰一过，就把各种的草催绿了、各种的花催开了、各种的虫催醒了，还催促着一大片的柳树、杨树飞出了絮。地一着急，苏醒了的动植物也跟着着急，生怕自己跟不上趟，随便被谁夺去繁衍生息的机遇，让自己早早凋谢。只有麦子安安静静地，不争不抢，不紧不慢，应着时节依次在播种后扎下根、长出芽、冒出苗、露出绿。

种下去的麦子是一粒粒的。春分一过，种下的麦子就趁着回暖的地温使劲吮吸大地深处的乳汁，还相约着挣破包衣，一头往地里扎去，一头朝着地面延伸。要是碰着一场倒春寒，麦子就缩回土地里，等寒气一过，再迎着阳光冒出头。麦子面前，一个春季前前后后的所有臆想、设计与预测只不过是一张没有答案的纸。没冒出嫩绿时，很多眼睛都有些发虚。可一旦成片成荡成垄地铺满山川旱塬时，再枯萎的原野也会萌生无穷的劲力，把攒了一冬的力气全部长成大地的一分子。这个时节，种下的麦子和后来的玉米、高粱、蚕豆、西瓜、甜瓜以及之前开了花的树、长了绿的草，渐渐变成大地最真实的文字，一笔一画地把大地涂写成纵横有序的图章，也让一片麦苗成为春风送给下一个季节最殷实的礼物。

谷雨日，一场雨又下了下来。吮吸着谷雨，麦子疯狂地生长，一寸一寸地摆脱地面，朝着天际不断伸展。春分播种也罢，谷雨增水也好，麦子猛劲吸吮地里的每一滴水，也尽情接受阳光的沐浴。趁着谷雨，麦子扎下地的根是寻觅，伸向天的叶是梦境。把根往地里扎一寸，就能让处暑里的麦粒结得更饱满更壮实。麦苗向天伸一寸，就把长在地里的梦向天延伸一步。往上长一寸，麦子就能听到更多的故事。麦子说给天空的话，天空也能听懂，谷雨也能搞明白。吮一口雨水长一寸苗，麦子兴奋、土地兴奋，人更兴奋。即便是和风细雨，长起来的麦子也会把时节平稳下来。时节一平稳，人心也就安宁了下来。一安宁，该干的事情一步步有了章法，该走的路也一天天有了方向。

谷雨夜，一场雨把梦里的麦子叫醒。一醒，四月槐花也开了，幽幽暗暗地把花香传递成缤纷。而在之前，我沉沉实实地睡在梦里，满脑子都长出庄稼了。梦里，我抚摸着麦子，喜滋滋的，乐呵呵的。

2

一只喜鹊跟在耙磨后面慢慢飞。

麦子种下了，接下来就是种稻子。轮茬种稻子的田还空着。种稻子之前，还要磨一回地。地磨不平，稻田的水就淌不均匀，种下的稻子就长不整齐，也长不健壮。要是高低不平地成了花榔头，会被人笑话的。田地收拾得好与坏，庄稼长势怎么样，都是庄稼人的脸面。地收拾不齐整，庄稼也长不好，来来往往的人会笑话，会嘲笑一个人的庄稼本事，或者嘲笑这家人的家风。

麦子是春分时节种下的，到了谷雨，就要准备种稻子了。可在谷雨前后，一村子的人都走空了，耙磨田地种稻子就成了问题。眼看春灌开始了，地还没有磨平，刘二爷心里着急，就自个儿赶着骡子到地里去耙磨。把骡子赶到地里，刘二爷前后左右有些为难。稻田磨平了才能种，如果高低不平，种上的稻子会被渴死，没有收成。刘二爷想站在后面的铁耙上压实一些，以便把地磨平了，但又生怕骡子不听使唤随便乱跑。想在头前牵着骡子来回有序地把地磨平，又怕铁耙太轻压不住土块磨不好地。打电话给进城的儿子，都忙着呢。请邻里的老王，又病了。只好自己赶着骡子下地，能干多少是多少。他把铁耙摆好，又收拾停当骡子拉耙的挡板、虬绳，就驾着骡子磨起了地。

刘二爷牵着骡子往前走，尘土就在铁耙后面扬了起来。尘土一扬，清寂的土地就有了欢实的气息。即便是刘二爷一个人，一块块被阳光晒了一遍又一遍的田地终于有人来照顾了。铁耙磨过一来回，田地就舒坦一回。田磨平了，水淌上了，刘二爷脑海里满是渠水漫灌、稻秧茁壮的喜悦。前前后后、左左右右一看，刘二爷就知道哪点是平的，哪点是不平的。没掴饬平的，就用铁锹掴饬平，让种下的稻秧都能均衡充分地吸收养分和水分。种过地的人都明白这些个道理，也知道怎样把地伺候好。乡村里，种稻子之前的耙耕磨地是重要的一环，需要技术，也需要经验。一眼能看见哪点不平，就用铁耙子耙一回就平了。有的地块实在不平整，就在铁耙上站个人压实，狠狠地磨几回就平了。村里人没走空之前，刘二爷还能带着儿子一前一后地把地耙磨平整了。可现在儿子也走出去打工去了，只能一个人凑合着把地平了。没人站在后面的铁耙上，有些高起来的地块就不好耙磨平整了。刘二爷牵着骡子耙磨了一遍又一遍，就是耙不好、磨不平。他着急地向周围望了望，也朝远处的道路看了看，希望能有个人过来帮帮他，哪怕是一个小孩子也行。可远远的村子静静的，远远的路上车来车往没有谁停下。

几只喜鹊看出了刘二爷的心思，从不远处的树头上飞了过来，轻轻蹲在铁耙上。看着喜鹊飞过来帮忙，刘二爷扬起鞭杆驾着骡子继续耙磨。往前走一步，回头看一眼，几只喜鹊顶着铁耙翻起的尘土跟在后面，时不时扇动翅膀保持平衡不想被铁耙甩出去。耙磨了几个来回，地也平得差不多了。再看喜鹊，灰头土脸，没有一个飞走，还叽叽喳喳叫个不停，好像在问：磨好了没有？刘二爷心头一热：人不懂的道理，喜鹊能懂得；人不帮忙的事情，喜鹊能帮忙。望着村子，刘二爷长长地叹了一口气。

谷雨里，喜鹊跟在耙磨后面慢慢地飞。望着磨平的地，秋上收回的庄稼一定要给喜鹊留一些。刘二爷往回走的时候，满心都是几只喜鹊的影子。

之外，是一片无人的黄昏。

3

长在心里的，永远难忘记。

我看了看，树正长在春天里，正清新地露出嫩芽泛着青意望着我，还期待我化成一缕风，伴着它轻舞枝条，与我一起度过一个美好的春天。

这个季节，我能走，树不能走。树不能走，我怎么忍心放开脚步往外走？我得留下来陪着它，把一朵朵的花开放，把一片片的叶片染绿，把一道道的风景展开，也把一句句的话说给它听。我得扎下根来，陪着树一起成长。哪怕是一粒尘、一株草、一只鸟，只要能陪着它，一起沐浴阳光，一起经风历雨，共同走过一段欢乐的日子，就是这个春天最大的幸福。

看着树每一天泛绿生长，望着树每一天绿意盎然，我知道，长在旁边的树能听懂我的心思。我和朋友聊天的时候，站在屋子外面的槐树、榆树、杨树、柳树静静地聆听我们之间的故事，还时不时用枝叶间的扑簌声相互提醒，不要惊扰了我们的叙述。树在听的时候，树下的花和草也在听。白天，它们争着抢着朝着有光的地方靠，可都被树的高大冠盖挡住了。被挡住了光，花和草就经历不了多少事情，也不知道外面到底发生了什么事。只能借着偷听来的一些话，把很多失去的东西补回来。白天争不过树，晚上就补回来。到了晚上，趁着一些树打盹休眠缓神，站在树底下的花草便径直张开嘴，大口大口地吮吸土地里的水分和养料。土地里有我说给树的话，也有树交代给我们的一些事情。花草听到了一些秘密，就借势开出一朵朵花，长出一棵棵草，并在聆听我们的欢声笑语时释放出一缕缕清香，让忽略了它们的人和树注意到它们的存在。

听着故事，几棵槐树、榆树、杨树微微抖擞了几下树叶，好记住我们说给它们的良言善语。站在旁边的花草也听懂了我们的话，忍不住攀着树干往上爬，并用开放的花朵表达它们对我们的安慰。树能听懂我们的话，花草也能听懂我们的话，我们就能在春天里欢乐安然，也能把世间的一切看淡。只要能让树向上伸展，让花草芬芳，即便是化作一片云，揽住一弯月，摘下一颗星，也心甘情愿。

仰望一棵树，树能听懂所有的话。站在谷雨里，心里突然冒出一句话：开了的花迟早要凋谢！可在一个春天里，花能谢，心却不能谢。毕竟，长在心里的，永远难忘记。

4

不想说的话，长成了绿叶，开出了花朵，飘成了云彩。到最后实在憋不住了，就扑通一声把叶片落下来，从此不说。

不说，不意味没有声息；不说，不意味没有感觉。

从惊蛰日开始，春天的话就随着眼睛一睁一闭汩汩流淌在山野里、河流里。先是苏醒的鱼冒着泡泡从泥土里挣了出来，鼓大了眼睛朝水里游，一路畅游欢唱，把河流的方向游出清澈、游出蜿蜒。紧接着，北回的鸟儿沿着春分划定的迁徙路途，错前错后地从南方往回飞，飞过长江、飞过黄河，在一块块湿地湖泊、一丛丛芦苇蒲草之间栖息、停驻、歇脚、中转，或者安息筑巢、休养生息，开始新的生活。秋沙鸭、红嘴鸥、白尾海雕，以及更多叫不上名字的鸟儿成群结队地从一个地方飞回到另一个地方，用扇动的双翅在天空里开辟出一条条可以回家的天路，也把飞过的地方寸寸弥漫，织染成各式各样的绿色版图。草绿了，花开了，树青了，水流了，春的一切沿着鸟儿飞过的地方全部改变模样，也把枯涩了一季的寒冬远远抛在身后。

春来了，鸟儿把远方的话一一带回。

听着鸟儿一声声鸣叫，所有的花草树木竖起耳朵，把鸟儿带来的话记在心里，也把春天里的梦埋到心里，然后汲着滴滴雨水扎根、长芽、开花、吐绿。等到连翘花谢长出嫩叶、麦苗青青铺满大地、柳絮飞舞白杨泛绿，槐花飘香润满谷雨时，一群鸟又朝着更远的地方飞去，把同样的话转达给更遥远的花草树木。它们越过长城、飞过沙漠、穿过边疆，一天天地把森林、草原、河流全部叫醒，又依次寻觅到一个个安宁的地方自由栖息，不断鸣奏着属于自己的生命乐章。

鸟儿歌唱的时候，一场场的梦正催着大叶黄杨、西府海棠、紫叶矮樱、丝棉木、金叶榆、鞑靼忍冬向着春天奔跑，一路把自己的奔跑延伸到天空里，也把一路流出的汗水化成丝絮、花瓣跌落在沿途。花草树木的物语间，不流汗水的成长是没有结果的，不开花瓣的树木是不露春芽的。只有把浑身的劲儿使出来，把满身的汗落下来，春天里的成长才瓷实，春天里的奔跑才轻盈。身子一瓷实，心里一轻盈，风吹着快活，雨淋着畅意，万千的事情也顺心。即便是迟一些时日，也能赶得上时节赐予的欢欣。

抬腿往出走，四月已是槐花香。过不了多久，立夏会解开一个季节走向另一个季节的答案。

看着鸟儿飞翔，听着谷雨淋漓，还有什么话要说？

立　夏

1

日子没过多久，春就变成了夏。

扳指头算算，一月像一天，一年像一月，头还没怎么开，月尾就到了。中间干了啥，竟然想不起来。咂巴着小嘴望一望，四月的槐花还没谢，五月的沙枣花又开了。途经一些地方，远处的沙枣花香直直穿过丛林将人的神经全部渗透。

进入立夏，春天就算结束了。往前看、往后推，日子陆陆续续让桃李杏梨苹果花给勾完了，也让连翘泡桐马莲海棠槐花香给迷完了。好些时候，几个人把事情误了直抱怨，却不知道自己的心被春天里的花草树木撩拨了，自己的脚步被山山水水之间的风景变化给改变了。中间，一大群陆续南归的鸟儿扇着翅膀把人的眼神带跑了，把心带飘了，还把一些该做不该做的事儿给误了。一个春天的节奏逐渐变成一棵棵树、一朵朵花，让树叶把日子传递给花瓣，让鸟鸣把光阴传递给蜂叫，直到灌上水的田野插满了稻秧，一个春天才算正式告别。

蹲在一棵树下，一个春天的匆忙奔波还没怎么梳理，日子一眨眼就没了。一眨眼有多长？没有人算出来，也没有人丈量出来。眼里的一眨眼，没留下多少欢声笑语，就被一件件的杂乱事给冲散了；心里的一眨眼，也没留下多少片刻安宁，就被一桩桩的意外事给断送了。回想一年又一年的春天到底干了些什么，没有多少深刻印记。有的被风刮跑了，有的被莫名其妙的事情给端了。等风停下来，心静下来，一大半的光阴已没了，只留下一声叹息落在地里。

站在田头，一望无垠的田野长满了庄稼谷物，长满了鲜花野草，也长满了人情世故。有人远远地招着手，有人远远地喊着，也有人远远地徘徊着。旁边，几个乡亲分着工，一个来来回回走在田地里，怀里揣着一个盆子，边走边用手撒着肥料；一个跟在后面开着拖拉机犁地；还有一个蹲在路边，把一堆稻谷拌进红泥里，准备穴播用的稻种。再后面，就是一群喜鹊翻飞着跑来，随便落在翻犁过的新土上找虫吃。夕阳西下，又一阵风吹来。远处的树头晃动着，近处的蜜蜂嗡嗡着，旁边的渠沟水流着，只有人躲在树荫下，望着田地里的喜鹊出神。

立夏了，就回到母亲身边，陪母亲过一段夏天的生活。

2

我蹲在树下沉思，风从旁边跑来，把我满身的疲惫抹去。转过身想和风说句话，风又跑到另一棵树旁，回头对我调皮地笑。笑什么不知道，只觉得风里穿梭着很多值得珍惜的记忆。于是，静静蹲在树下，让风来来回回地抚摸，又反反复复地呓语。

风说的话，我能懂。我说的话，谁能懂？

望了望周围，没有谁相陪，只有风拂动。又一个季节远去了，丢下一大片花香浓抹光阴，也丢下一长串春风席卷年轮。之间的行程，该走不该走的说不清楚，该说不该说的也不知所云，只由着轻轻吹来的风把一句句话飘零，把一条条路延伸，把一寸寸根扎进泥土。一个季节的尺寸深藏在泥土里，飘荡在花香里，也怀揣在内心里。从雨水开始，连翘、丁香、海棠、桃、李、杏、梨、玉兰、紫槐陆陆续续沿着春分、清明、谷雨、立夏的节奏开放，直把春风的脚步流连得摇摇晃晃，也把人的神经迷醉得恍恍惚惚。花丛中、草坡上，没走几步，几缕花香就把人拽着走不动了。停下脚步闻闻，静下心来听听，能闻得见花草对泥土的叮咛，也能听见土地对树叶的安顿。

坐在一棵树下，远处的风吹来，树枝在晃动，树叶在抖动。树枝一晃，风就藏了起来。树叶一动，昔往的情景翻腾了出来。一藏一动之间，珍惜谁、忘记谁已不是太重要的事情，关键是眼睛一睁一闭还能看见谁。看见了，就想瓷瓷实实地珍惜着。看不见了，只能短短长长地叹一口气。珍惜谁需要过程，忘记谁也需要过程，但看见谁已不是风能决定的事情。来了去了，轻轻淡淡飘荡在回忆里。走了回了，模模糊糊左右在意识里。看着看着，眼泪不止地流。

抓不住风，说再多的话也会被风刮跑。与其被风刮跑，还不如不说。风里藏着的话，很多人听不懂。我说的话，很多人也不懂。不懂，就不说了，就任其自然把春夏秋冬随便吹拂。至于吹成什么样，再说吧。

抬起头，一只鸟飞了过来，然后落在我的肩头轻轻地叫。

3

留下来的梦长在风里，一吹，就没了。想抓住，已经跑得很远。只好静坐在树下，拦住风的去向，把梦一截截往回找。

几只蜜蜂循着春的气息苏醒了过来。一睁眼，听见了风声，闻见了花香，便振着翅膀一路寻着花香飞去。花开了，便焦急等待一场风的吹来，能把花粉吹落，找到属于自己的另一半，也期待一群蜜蜂的闯入，能把它们的花香情语沾染携带，撮合更多的雄雌花蕊相逢相拥，催生更多的生命。几只蜜蜂听见了花的心声，便从蜂巢出发，沿着一条可以来回通畅的密码通道，飞向遥远的芳草地、花丛林，如饥似渴地吸吮花瓣间的粉、花蕊间的蜜，把久违了一季的花香全部唤醒，也把一个春天的花语心思全部倾诉。从清明到谷雨，再到立夏，先后开放的丁香、海棠、槐花、沙枣花趁着气温的回升陆续绽开了花，也招惹得蜜蜂迫不及待地远道而来，上下飞舞。

那些扑入花朵里的蜜蜂知道，误过一个季节的花香，自己最美的梦就会被断送。蜜蜂的梦在花里，花的梦在风里。花开了，蜜蜂的世界甜美宽广；风吹来，花的绽放流溢芬芳。一个季节能够掩映所有路途，能够容纳所有话语，但独独不能丢弃执着的梦。花开了，乡村的黄昏溢满清香。成群的蜜蜂酩酊大醉般扑入花蕊间，大口大口地吮吸着牡丹花香。一朵紫斑牡丹花里，几只蜜蜂估计是吃饱了喝醉了，撑着肚皮伏在花瓣上一动不动，露出的后腿里里外外沾满了油黄的花粉，就像熏蒸熟透的鸡腿。蜜蜂蛰伏不动的花朵旁，几个用头巾把自己裹得严严实实的女人用锄头一下一下地锄着牡丹花旁的野草。进入立夏，野草疯长的速度加快，不消几天工夫，满园子的空地就会铺满野草，更会以特殊的方式抢夺牡丹、麦子、玉米的营养。农谚说，“夏天不锄地，冬天饿肚皮”“见草锄草工夫到，才能保证收成好”。跟着蜜蜂飞舞劳作的行踪，趁着时节把地里的杂草除净，庄稼才能集中精力茁壮成长，才能把泥土安顿的事情化成丰收。

一个长满绿色的季节里，因为蜜蜂的上下翻舞，因为牡丹花香的飘满，眼睛会滋润，心情会饱满。很多时候，眼睛一睁一闭冥想的，就是梦里牵挂的；心里一想一念的，就是一辈子珍惜的。看见一点绿，莫名的欢喜就会涌上心头。花开的时候，人会牵挂，蜜蜂也难舍。风起的时候，人会忧郁，蜜蜂也缱绻。世间万物都有梦，只是有的梦长在风里，有的梦扎在心里，有的梦飘落在无垠的流逝里。

谁的梦能成真？请听春夏时节的蜜蜂声。

4

从贺兰山下来的时候，天色已昏黄。

一群站在套门沟山梁上的马鹿远远望着我们，好像有很多的话要说给我们听。它们的背影里，一面是壁立的群山，一面是浮游晃动的城市。山与城之间，是一片片树林、一道道戈壁、一滩滩斑子麻黄、一条条清泉流淌的山沟。从春到夏，从秋到冬，马鹿们嗅着贺兰山的晨起昏落，从山谷里走出，又从山坡下返回。它们抬头或者低头，奔跑或者隐遁，只用轻蹄闪出的一些声音，让看见它们的眼睛意外闪出一些惊奇，随后就是风烟俱尽的痕迹。

马鹿没有多少话要说。它们天天游走在贺兰山里，已经把话说给旁边的蒙古扁桃听了，也说给随时刮来的风听了。它们说什么话，扁桃听得懂，风能听得懂。哪点有草吃，哪点有水喝，哪点有路走，只要风一吹，它们就知道。哪怕是挡在面前的一道天堑，它们也有办法过得去。

很多年，马鹿们随便穿越某一个春天，就能把呦呦鹿鸣传递到山下的人心里，也能把荒野欢歌响彻在蒙古扁桃粉红花瓣的绽放里。可现在，它们得挺住一个春天的煎熬，把脚步轻轻隐藏在山谷里，把身影淡淡化在枯黄里。还没有实现季节转换的套门沟，在立夏日还没有激起马鹿的兴奋。大片的野草枯黄着，马鹿的口唇苦涩着。加上山坡下偶然响起的山炮声，马鹿不时惊恐地往山谷里奔跑。它们指望有一天能安生下来，再也不用担心有没有草吃、有没有水喝的事情。

马鹿回过头，城市浮游在戈壁滩间，晃动在野草尖头，后面是一道道隐藏的目光跟随。沿着黄昏的路途往回走，又一声山炮从远处传来。

马鹿知道，又一处领地没了。

5

一粒种子走了过来，用长高的麦苗一寸寸跋涉季节指明的路途。麦苗长多高，种子就走了多远。

每一年，一大批的种子都会随着露出头的麦苗向外闯荡。它们沿着麦秆伸展的方向，一路奔波，直到拔节抽穗、枯黄收获的时候，才停下脚步，把自己变成另外一粒种子，继续在下一个季节重新延续、跋涉行走。一粒种子没有走完的路，下一粒种子继续走。种子之间没有多少言语。一粒粒种子扎进土地分开萌芽、各自成长的时候，种子会把很多不想说不能说的话通过细微的风声传递给另一粒种子，好像安顿一桩旧事，把自己没能完成的使命托付给下一粒种子。土地能听懂一粒种子说给另一粒种子的话，也明白一粒种子对另一粒种子的叮咛与期待。每年一过春分，土地就会伸展开怀抱，任由一粒粒的种子猛劲扎根、吸吮营养、自由生长。即便是过了一年又一年，大地也明白一粒种子沉睡的心思，也尽着力帮麦子、玉米、水稻、蚕豆重新扎下根系、长出青苗，为枯涩了一季的眼睛铺满希望。

春夏交替，花香满园。只有扎进土地，一丝一点地向天空生长，一粒种子的价值才有意义，才有梦境。否则，春天的田野不会绿，夏天的白云不会卷，蜿蜒的河流不会流，来往的人腿不蹬劲。

一粒种子能明白的事儿，大地能知道。一个立夏的及时问候，天空会知道。只是这个时候，抽干了记忆的岁月会让人潸然泪下。

立夏了，该种稻子了。

小　满

1

稻子种上了，心也就踏实了。

淌满水的稻田像一面面镜子，把站在田埂旁的树头按住朝下长，把飘在天上的白云拉住朝地里走，也把父亲喉管里流淌着的歌声卷起一层层的涟漪。清晨，家家户户的人都跑到地里忙活起来。插上秧苗的早早扛着锹把守到渠沟旁，打一个坝子再添点水，好让种下的稻子猛劲地长。没插上秧苗的，赶早套好驴子再把水田刮一刮，然后张罗着铲苗、运苗、调线、插秧……从立夏到小满，庄前村后、田间地头到处都是忙碌的影子。男的女的、老的少的、大的小的，都手不拾闲地忙这忙那，生怕误了一季的庄稼，到秋上连个好收成都没有。人一忙起来，饭忘记吃了，水忘记喝了，头上的汗也忘记擦了。立在田里的，走在路上的，跑到渠边的，都忙得抬不起头，连话也懒得说了。人忙活的时候，身前身后的鸟儿也没闲着。跟着人跑到地里的燕子贴着水面上下飞舞，随着人前后不离的喜鹊踏着方步四处刨食，就连平时胆小的麻雀也成群地飞落到田埂上叽叽喳喳叫个不停。熬过了冬天，挺过了春天，进入夏季的种种鸟儿再也不用为饿肚子发愁，只要跟着人到地里随便犁一块地，或者插一回稻秧，就会有许多的虫子吃，也会有许多的惊奇出现。望着种下的一行行稻子，许多的不经然把田野一块块充实，也把小满日的欢欣一寸寸瓷实。

进入小满，该种的庄稼都种上了，该下的力气都下到了，一个夏季的田野就一天一个样地变化着。

小满前后的天气多半阴晴不定。先是灌了水的稻田蓦地卷起一场风，紧接着乌云密布降下一场雨，瞬时把刚刚升腾的溽热压了回去。可没过几天，天气又热了起来，大把的汗渗透脊背，也渗透额头。拿毛巾擦擦汗，再抬头看看正在返青的秧苗，一望无垠的水波可以把浩荡的云彩收拢。地上一层水，天上一片云，相互对视又相互映射，也相互追随奔跑。流淌在渠沟里的水一路欢唱地滋润着一棵棵树、一朵朵花、一根根苗、一粒粒庄稼，也勾得天上的云一路小跑、一路追逐。地里的水在流，天上的云在飘，一忽儿上升，一忽儿下沉，一忽儿鱼鳞游弋，一忽儿彤云密布，偶尔还在云层与云层的缝隙间挤出几声轰隆隆的雷雨声。但不管天气是阴是晴，是凉是热，每天抓紧时间下地干活是必须的。从春分播下麦子到小满种下稻子，谁在务劳庄稼上偷懒，庄稼就会让秕子陪他过日子。满地的庄稼知道自己是属于勤快人的。谁对自己勤快，庄稼就饱饱满满地长、饱饱满满地结颗粒、饱饱满满地给勤快人丰收。谁对自己不勤快，庄稼就稀稀拉拉地晒太阳、蔫头耷脑地熬光阴，到秋上，秕子一片羞骚人。

庄稼明白的事儿，很多人都明白。只可惜现在种庄稼的人真不多。

2

麦子长出了穗。

从冒出青苗到抽穗结实，才不过两个多月的时间，一粒麦子就从春到夏完成了一大半的生命历程，开始麦粒对麦粒的叮咛、麦子对麦子的交接。几个人早早跑到麦田里看麦子，轻轻地抚摸、慢慢地观瞧，满眼都是滋润，满心都是欢喜。搭几句话，能把往事勾出来；抚几回麦穗，能把汗水的滋味渗出来；再朝远处干吼几下，能把丢失的记忆拉回来。

望着一大片的麦田，春夏之间的日子已经被麦子长成了麦粒，也被来回的风吹成了麦浪。麦秆抽到第五节时，麦穗就沿着立夏后的日子加紧怀苞抽穗，并在小满前后陆陆续续露出了怀。一出怀，满田满地流淌着细细的麦香，也飘荡着慢条斯理的白云。白云沿着麦浪慢慢地飘，麦浪跟着白云左右摇。长满了麦粒的麦穗想把自己的梦说给白云听，白云也想把自己的呓语落到麦穗身上。从一粒饱满的麦种长成成束的麦穗，逐渐拔节的麦秆渐渐把日子舒展。进入小满，刻满了季节的麦穗错落有致地并排攀列，一列八粒、一列九粒地互拥互簇、瓷瓷地抱紧麦秆尖头，然后一穗紧接着一穗随风飘摇，相互触碰，并用青稚的麦芒互致问候。麦芒是新麦粒的守护者。在没有完全饱满之前，这些细锯相间的麦芒可以挡住麻雀的吸食，可以阻挡住蚜虫的侵入，也可以扎向侵略它的每一只手指。植物的自我保卫能力在麦子身上有着鲜明的体现，也因了麦芒的伸展变硬，成了自己保卫自己最有力的护身符。一地连绵的麦穗齐整整地顶着炽热天气向上生长，成群并排地显现出麦子微弱奋争的命运，把墨绿的田野逐渐引向饱满。

几十只燕子拂掠在麦田里，用黑色的翼翅上下翻飞，招惹撩拨正在生长发育的麦穗，时不时把麦穗拨拉得左右摇晃。风还没有来，雨还没有降，天空里的清新气息让麦田里的守望者十分惬意。飞来飞去的燕子像是给正在悠闲得意的麦子们打招呼：快刮风啦！快下雨啦！赶紧躲一躲，避一避。麦子听得懂燕子的心思，也看得出燕子的情义，便齐齐抬起头，把风里的气息穿透，把雨里的湿气摸透，也把人心里的烦乱点透。几个看麦子的人有站有蹲，有走有停，不是伸进麦垄把杂草拔尽，就是抚摸着麦穗轻轻接受麦芒的细锯磨蹭。吴家大婶从麦地这头走到树林那头，随便俯下身子拔几棵蒲公英，说是可以煮了治溃疡。蹲在麦田一侧的稻田旁，吴家媳妇拽着男人的后裤腰帮他扶正刚插下的歪斜秧苗。麦子与稻子隔着一道田埂相望着，男人与女人隔着一地庄稼相逢着，树林与田野隔着一条沟渠相拥着。谁都不容易，但是谁都很轻易。

一个小满的清晨流淌庄稼地平淡朴素的平常与安宁，也让长满麦穗的土地有了浓郁的亲密与惬意。

站起身，麦田旁边的沟渠上走着几只自如从容的花喜鹊。从春到夏，从秋到冬，它们一直没有离开过这片土地，一直在不同的季节里飞来飞去。它们和人一样，看见了枯黄，看见了嫩绿，看见了饱满，看见了丰收，当然也体会到了寒冷，体会到了滋润，体会到了希望，体会到了疼痛。季节不会一成不变，也不会随波逐流。能一路不易地抵达小满滋润的仲夏季节，再经历芒种、小暑的溽热煎熬，人能明白其中的不易，喜鹊也能知晓其中的不易。但凡是留下汗、受下苦的地方，就能布下痕迹，留下记忆。麦子是人的汗水掉在地里长出的庄稼，也是喜鹊留恋不舍的依依生命。从麦子种下地到麦花抽穗，土地上的每一天悄然变化都会让人亲近，更会让喜鹊亲近。一亲近，就有了根脉，就有了气息。

小满，满在眼里，满在心里。只是在不经意的一个拐角，我把麦子的泪滴向大地。

到了小满，又想回到春天里。可惜，我被一粒结了穗的麦子挡住了去路。

3

我想遁入泥土，去看看地里的世界。

在一条粗壮的树根前，我端详了半天也没有搞明白这条树根支撑起的大树到底有多古老，又有多辽阔。我想，站在树根对面去猜测它是不行的，得钻进根系里，才能看得更清晰一些，更准确一些。

在树根吸食泥土营养的一个端口，我倏地变成一滴汁液，钻进一条细嫩的根须里，然后顺着根系逆行而上。钻进根系里，才发现里面都是雪白的，一汩汩的汁液如同一道道光芒照亮根系的前程，也照亮泥土深处黑暗的沿途。汁液不断流动，根系不断粗壮不断宽展。在一处类似交叉口的地方，不同的根系汇聚一起，豁然开朗出一片广阔天地。这是树根交织集中的根据地，也是大地与天空交接的生命地。从这个交叉口开始，一棵树把所有根系集结的力量全部调转方向，把一条条扎根大地的根系梦想全部交付给向上伸展的树干，让树干带着它们的梦想一路朝天生长，向上延伸。

在继续前行的路途中，我站在一道年轮刻痕旁，想看清楚这棵树到底有多古老。便停下脚步，找一个合适处放眼远望，用眼睛一道道地数起来。可身边涌动起伏的浓稠汁液形如汪洋大海，根本看不清对面的波浪里到底有多少道年轮刻痕，又有多少穿梭自如的道路。汁液沿着树干指引的方向来来回回奔波流淌，让我分不清哪些是来自大地深处的营养，哪些是阳光照射光合作用后的力量。我只觉得自己已经来到了一个辽阔无比的大海上，正顺着一条曲折崎岖而要泾渭分明的路一直奔跑。我已经成了树的一部分，树也成了我的一片辽阔大海。我跟着一群和我一样的汁液缓慢前行，身前身后挤满了和我长相一模一样的汁液。我们没有话说，只能前前后后默默地推动着、拥簇着、前行着。我们说不了话，只能用眼睛彼此交流。在我前面的汁液回头看了看我，好像问我从哪里来，准备到哪里去。我没有回答。我们是树的一个细胞，似曾相识却又陌生。我们共同沉浸在一个无声世界，从大地深处来，又把大地深处的问候传递成一片片叶子，让长在树间的每一片绿叶每天问候天空，问候鸟儿，问候树所目及的每一寸土地，问候远方吹拂而来的每一缕风。

不知道过了多长时间，我随着大部队一路前行攀爬，渐渐来到一个枝杈即将分开的地方。我在曲曲折折的路途上已经走了很长时间，也渐渐融合成树的一份气息、一个分子。在选择留守主干，还是伸向营养枝上，我是无力的。树让我成为什么样，我就成为什么样；树让我干什么我就干什么。在树枝分杈的时候，我被一股无形的力量推动着，并分流到一条相对粗壮的树杈上，然后沿着这条斜伸的树杈指引的路途加快脚步前行。树梢是每一滴汁液从根系出发时就确定的目标。一旦顺利抵达，就意味一滴汁液真正抵达了一个季节赋予的经行目标。在树梢上，每一滴汁液会真正地与天空亲密接触，与阳光畅意会合，也真正地感受到天与地相逢一刹那的神圣与崇敬。就如同经历过一场艰辛而遥远的跋涉后，终于在一个不经意的时刻抵达自己心往神驰的梦幻之地，可以面朝大海，春暖花开。

站在一片叶子上眺望天地，天是那么辽远，地是那么广阔，一望无际地把怀持已久的梦伸向远方，伸向无边的异域。风吹来，一片片叶子欢喜摇晃，我也跟着欢喜摇晃。想想从根系溜进来的样子，想想一路拥拥挤挤往前走的行程，此时此刻化成一片绿叶随风摇曳，该有多么畅快，又该有多少自由。我成了一片叶子，就成就了自己一个梦想。

我闭上眼，任风轻拂，任叶轻摇，然后在倚身天地的梦想里，把前生后世全部遨游，任自己一望无际地飘荡。此刻，黄昏渐去，月亮从斜坡上升起。我站在微风里，望着田野沉默不语，也望着过去的熟悉无语。说什么呢？庄稼都熟了，我却在浪迹的土地上找不到自己。

芒　种

1

风能看见过去。

一睁眼，满树的枝叶被风吹得扑簌簌直响，就知道是风在给树絮叨过去的故事,那些扑簌簌的声音是树听了故事后不由自主的笑。树会笑，多半是风的摩挲很惬意、说的故事很动听。风讲完故事就走了，只留下一棵棵树原地不动地反复品味，然后让故事里的每一个细节不断伸展枝条、粗壮树干，繁茂成一片遮天蔽日的森林。

漫长夏日里，树是听着故事长大的。风刮的、雨淋的、人说的、兽语的、鸟叫的、虫鸣的……只要有风吹草动，树就会细细聆听，并从聆听中分辨故事的来源与深浅。树有多高多粗，就知道故事听的有多少，根里记的有多少。树一心慌，就盼着风早点刮来，雨早点下来，好听到更多有意思的事情，让自己的心更丰盈，精神更饱满。树和人一样，都有自己心想的事情。微微的风一吹，细细的雨一淋，树就伸展枝条欢欣起舞，时不时排卷着叶子发出清脆细簌的声音。树听故事不需要言语，只需要一点气息就行。远处的、近处的，只要有一丝动静，树就知道谁来了谁去了，谁在絮叨谁在沉默，谁在它的周围活动，谁从它的眼前走过。听见晨曦里的布谷声，树会睁开眼睛振作精神迎接新的一天；听见远空里的几声雷鸣，树会伸展根系提前做好吮吸雨水的准备。当然，树听见一些不如意的故事，也会莫名忧伤。听见失了孤的大雁哀鸣，树会不由自主地痉挛枝叶；听见落了单的游子树下哭泣，树会轻轻落下几片叶子安慰心灵。树能做到的，就是把所有听到的故事沉默成自己的样子，任凭风吹雨打也要茁壮成长为参天大树。

一棵树把很多过去都留给了大地，也把很多不为人知的秘密藏在根系里、枝条里、叶片里。现在，让新生的叶子带有记忆、守住本来，就得有谁给它讲讲过去。已经飘落的落叶不会讲，已经斫断了的枝条不会讲，只有来来回回奔跑在田野里的风会讲。风能把蹲在树下吃饭时的家长里短讲出来，能把旷日里树下追逐欢乐的往事讲出来，能把鸟儿迁徙栖息的波折经历讲出来。风把过去讲了一回又一回，树往天空长了一寸又一寸。它朝天空长一寸，就有大地给它安顿一些叮咛，就有野草给它一些依偎，就有鸟儿给它一些鸣唱。从早到晚，树和树上的叶子都在细细倾听，深深缅怀，想在日复一日的日子里把所有的叮咛、依赖和心声瓷瓷地收藏成一棵树的茁壮，伸展成一丛根的韧劲。

2

芒种前后的忙，让人喘不过气。

热浪起伏在庄稼地里，把连绵的麦子一重重飘拂，也把一层层的汗从额头、从脊背渗出。站在正晌午的庄稼地里，大片的麦子正由绿变青，再由青泛黄。经过了春，来到了夏，一望无垠的庄稼地起起伏伏地把日子延伸，也把遮手远望的目光延伸。

春分种麦子的时候，好多人走了，留下一群喜鹊陪着几个老人、女人摇着镳铲播麦子。清明麦苗冒出来的时候，几个掌事的跑了回来给先人的坟头添点新土磕几个头起身又走了，临走时连长出来的麦子也没多看几眼，就一溜烟儿地不见影子了。谷雨麦子拔节疯长的时候，大地间的枯黄逐渐被一片片的绿、一朵朵的花填补，一个村庄人去村空的气息也渐渐被绿色遮蔽隐没。等到立夏种稻子的时候，满田野的上空飞满了来来往往的鸟儿，不是落到渠沟旁喝水，就是跟到耙犁后面找虫吃。再到小满麦子抽穗的时候，田间地头才算有了叽叽喳喳的生机。直到进入了芒种，几个回来的人才发现一地的麦子已经长出了麦穗，伸出细锯般的嫩绿麦芒。

按道理，芒种是最忙的。又是麦子灌浆，又是稻子返青，又是瓜菜病虫防治。可现在，地里的活倒是不忙了，忙得净是地外头的活儿。也不知道是怎么回事，很多事情冷不丁就冒了出来，与你有关的来了，与你无关的也来了，还有些八竿子打不着的，也跟在后面打呵呵。里里外外的事一多，就先捡当紧的办。一当紧，地里的活先放一放，让麦子、稻子、瓜菜自个儿长，然后掉过头赶紧忙外头的事。一忙，手就停不下来，心也停不下来。

活是要干的，水是要喝的，饭也是要吃的。可一旦忙乎起来，只顾低头干活，没想起抬头看天，更忘了吃饭喝水，直到饥肠辘辘、口干舌燥时，才发现天黑了，月上了，一天的光阴又没了。中间干了什么，误了什么，想不起来，也记不清楚，只是长叹一声，把心腾空。忙得不可开交、极尽疲惫的时候，才觉得适当停下来静一静，该是多美好的事情，该是多难得的事情。可真的忙乎起来，很多事情又忘得一干二净，也想偷个空子找个地方好好睡一觉，把所有的忙碌让梦给捋一捋，让风吹一吹。

芒种日的溽热逐渐浮起，开始把一场场的梦长在庄稼地里。田野里晃荡的大黄狗没有追上飞着的喜鹊，就趴在渠沟旁的一棵树下乘凉。它咧着嘴，伸着猩红的舌头一哈一哈地喘息，好像要把芒种的溽热全部排到外头。大黄狗伸着舌头哈气的时候，伏在地面的肚子一鼓一鼓地起伏，仿佛要把半夜没有叫够的吠音全部吞回。蹲下身抚摸麦子，一只蝴蝶正蹲在我的对面看着我。抬眼再看，偶尔的几只蝴蝶趁着热浪翻滚在庄稼地里，一忽儿抱紧麦穗深深地吮吸一番，一忽儿飘飘荡荡地飞舞起来，像是要把一季的欢欣全部挽留。再往远处看，群群家燕趁着正午时光继续奔袭，为哺育幼雏衔虫觅食。

芒种，能让人长舒一口气，就是幸福。

3

脚步到哪里，生活就在哪里。

路上偶遇老家大嫂带着孙子去买菜，就顺便问问一些情况、听听一些闲事，再逗逗从没有见过的小孙子，心里宽宽的、暖暖的。中途，看着继续前进的大嫂带着孙子的身影，好像一瞬间就把二十多年的日子抹去了。

大嫂是我本家堂兄的妻子。当初结婚的样子我还记得很清楚。现在，他们把种庄稼的土地挪换了地方，也把每一天的汗水掉在阳光也照不到的地方。只要是有活干、能干活的地方，大嫂就带着大哥到处奔波。过去，我们总觉得四处奔波有种难过，可现在，日子都是流动的，生活怎么不是流动的呢？大哥天生聋哑，心灵手巧却不能言语。有时遇到事情想表达，急得满脸通红手足并用，可还是没人理解他。他能明白正常人的意图和意思，可很多正常人却不理解他的意图和意思。交流的不对称让我觉得大哥的聪敏远远胜于很多人。或许老天赐予大哥一份沉默，让他在一直的忍辱负重中智慧地经历并阅览人间的烟火。他不会说话，写出的文字却比我写得还漂亮。他不会言语，却能随时干出让人出乎意料的事情。小的时候，大哥带着我跑遍了所有的庄稼地，也经历了所有的春夏秋冬。我们在冬天里把渔湖的冰层打开，让一条条鱼儿自动地从冰洞里冒出。我们在春天里追逐着电影放映员从一队跑到八队，一连半个月为了看一部电影。我们在夏天里冒着酷暑到梧桐树干渠游泳摸鱼并烧烤，一直到金秋十月才住手。我们在秋天里赶着驴车进城交粮，然后卖完粮食找一处面馆吃刀削面。我们的日子轻轻快快又欢欢乐乐，逍逍遥遥又苦苦累累。可是我们没有对着一地的庄稼随便跑掉，也没有望着满天的星辰随便走丢。我们的世界里，家门口的田野就是最广阔的天地，家门口的柳树就是最踏实的荫蔽。

看见了大嫂，想起了大哥，才发现很多日子都已是沧桑。

夏　至

1

夏至日，缓缓飘移的日头把溽热交织成漫长。

静坐在池塘边，黄昏开始浸漫。一大群燕子趁着夕阳贴着池塘水面来回飞舞，不时用翼翅拍打水面。阵阵微风吹拂，燕翅掠过的地方泛出层层轻波，仿佛要把黄昏留住，又仿佛要把日子留住。燕子的飞舞里，谁能把日子放在心里，谁就能让日子一天天成长。

已是夏至，田野变得空旷，天空变得空旷，云彩也变得空旷。一堆堆的云飘来流去，似狼群、如羊群，又像是匍匐的蜗牛、琴瑟流淌的音符……从睁开眼的清晨起，田野半空飞掠着一只又一只的燕子。这个时节，燕子们迎来群体幸福的时刻。出壳许久的雏燕探出半截身子站在窝沿前，看着父母飞来飞去，还不时地展着翅膀准备起飞、追逐天空。经历了一场艰辛的迁徙跋涉，大批的家燕已熟悉了一个栖居村庄的气息，也熟悉了一片田野流淌的芬芳。从仲春时节回归，家燕们顺着晨起昏落的时光节奏，纷纷在屋檐下、土崖间开始筑巢育雏，并起早贪黑地把一个季节的时光紧紧抓住，飞掠田野沟渠，翻转池塘溪流，追逐着一株株青苗，捕捉着一只只昆虫，为完成一个季节的使命不断劳作。现在，已是最溽热的夏季，家燕们满眼的庄稼、满眼的绿树、满鼻息的气息、满心的欢欣已足够把飞翔的日子变得轻盈难得。想想春夏之际的每一天，无论风来雨去，燕子们都不会轻易放弃每一次出行，更不想浪费每一寸光阴。从晨曦初露的五六点开始，燕子们就离巢飞向广阔的田野间，贴着麦穗、稻浪左右欢掠，张开细喙吸食蠓虫摇蚊。它们在田野里恣意畅翔，上上下下、左左右右、起起降降，如箭般倏然而掠，又飘然而起。一块池塘、一地庄稼、一渠清流、一片树林、一座村庄……燕子们把飞掠过的地方熟悉成自己的记忆，也熟悉成自己的全部。一座小村庄、一片庄稼地，因了燕子的飞舞与守候，充满生机、充满活力，更让人心里的溽热清凉了许多。

夕阳落满池塘，也落满庄稼地。

进入夏至，已经饱满了颗粒的束束麦穗借着彤红晚霞浮泛出金黄灿烂。沐着几缕余晖，麦穗上每一粒麦子被五根已经发黄的麦芒包裹着，如同坐佛般双手合十，细诵着每一粒麦子对大地的深情，也倾诉着每一粒麦子对人间的赏赐。看着麦浪层层起伏，大地浮出重重佛光，将一粒粒麦子穿越数万年的繁衍生息铭刻成大地最静默的神情。看着即将成熟的麦子，涌起的熟悉记忆穿越了山川大地，也穿越了古往今来。从春分播种到清明出苗，从立夏拔节到芒种灌浆，由青至黄的麦子已经陪伴大地走了数亿年，也陪伴人类跋涉了数万年。亿万年的繁衍生息，麦子基因不改、神情不改，用粒粒饱满颗粒滋润生灵，早已将生命浓缩至简、无声无息。尽管一粒麦子只有百十来天的生命周期，但短短的生命进程里，一粒麦子能够趁着时节完成一粒种子对另一粒种子的承诺，也能趁着暮色加紧赶路，完成一株麦子交代给另一株麦子的深情嘱托。

一粒麦子不知道自己磨成面粉后抵达人类唇齿之间的滋味与醇香，但却能够留下一段重生又安歇的生命记忆。它有记忆，大地也有记忆。望着麦浪出神，我突然看见一粒麦子本身就是一尊佛，它们静默闭目，轻声咏诵，让大地升起重重佛光。

一粒麦子成就了自己，就成就了一片土地的踏实。

端着一碗面，你能吃出什么？

2

微风细吹，鸟儿飞翔。

进入溽热夏季，每一个清晨都有一些清新淡雅。西望贺兰山，云贴着山奔跑，鸟随着云飞翔，云又拽着庄稼地生长。加紧生长的水稻、玉米可劲儿地扎根分蘖，池塘里的鱼虾纵情跳跃。走在田野里，路边的牵牛花缠着芍药枝、向日葵、玉米秆一天一个样地开着花、展着蔓，蒲公英沐着晨露冒出了花蕊。西瓜地里，满地的绿皮西瓜沾着层层薄露继续膨胀。顺手摸一个大西瓜，用指头弹一弹，就会发出清晨里清脆欢悦的声音。望着一地的大西瓜，但凡大地里生长的东西，都能流淌出滋润心扉的声音，只是要看谁的眼里有神，谁的心里有情。

种下去的种子迟早要收获，洒下去的汗水迟早要结果。从春分播小麦、立夏种水稻、芒种小麦灌浆到夏至西瓜成熟，溽热一浪接着一浪，汗水一层接着一层，成比例地把人摁倒在土地里，也一趟趟地让庄稼成熟在起伏连绵的时光里。这个时节，走在田埂上的脚步是轻盈的，唱在树林里的歌声是欢快的，就连长在地上的庄稼也是畅快的。随便朝哪家的庄稼地里一看，就知道哪家子的人是勤快还是慵懒。麦子长得精干粗壮，就知道这家子人真把力气用到了。谁家的瓜菜油绿满筐，就知道谁把心思用对了地方。抬眼望一望，庄稼地里有几处没长齐整的，就知道王老蔫立夏时跑到外头打工没顾上回来追肥，让自家的麦子瘦瘦弱弱、低低矮矮、勉勉强强。再看旁边马三家的麦子齐整粗壮，就能想象出来清明淌水、立夏追肥、芒种灌浆时马三和媳妇在地里弯腰干活汗流浃背时的情景。耕耘土地多少年，很多人都知道土地不薄情。谁对它好，它就对谁好。谁的功夫下到了，土地就会为谁奉上一粒粒饱满的庄稼。谁若是不使力气、不花心思，还东奔西跑地把土地撂荒丢弃，谁家的土地就会野草丛生、藤蔓缠绕，让种下的庄稼成了秕子，让一大堆的杂草荒芜谁的光阴。

一年一轮回，一季一收获。庄稼地里的作物轮茬、色彩变化能衡量出一个庄户人的劳作能力与水平，也能看出一个人汗流浃背的多与寡。谁的脸晒黑了、胳膊晒脱皮了，就知道谁的庄稼长势油旺。相反，地下得少、汗流得少，又误过几回关键的农时，身后的庄稼地就会蔫头耷脑。懒汉张十六印证过，穷汉杨老四印证过。好几年，村里人但凡往田地里走一遍、看一遍，就能知道张十六、杨老四的地种得不怎么样。都到了繁忙夏日，家家户户都忙得不可开交，从早到晚，不是割草喂牛、下地除草，就是薅草施肥、摘瓜摘菜……但凡是个庄户人，哪管得了天气溽热清凉，只要天一亮，就是手不拾闲地下地干活、务劳庄稼。若不然，秋上的田地会和人开玩笑。张十六、杨老四却跟别人不一样。别人家都是天麻麻亮就出门把草割回来了，他们却还在炕上睡大觉。等日上三竿了，别人家都在明晃晃的稻田里来来回回地薅了几来回的稻草，他们才慢慢悠悠从梦里爬起来。到太阳晒到屁股的时候，别人家早把大棚里的瓜菜摘完了，他们才吃罢早饭往地里走。穷汉是怎么穷的？都是懒穷的。人一懒，连庄稼地都不愿意。同样一块地，勤快人一拾弄，庄稼都高兴。遇上个懒汉，别说人发愁，就是庄稼也发愁。人一懒，土地都看不上、瞧不起。土地对人一视同仁，不挑肥瘦。谁对它好，它就回馈谁。可遇上一个懒到骨头里的人，土地也没办法，只能眼睁睁地看着一些个没心劲没架式的懒汉一直穷下去。

好多年，母亲常提一句话："眼睛是个怕怕，手手是个叉叉。"望一眼庄稼地，眼睛若是怕了，心就怕了，下地干活也就没心劲。可要埋下头、弯下腰，憋着一股子劲儿往下干，再苦再累的活计也能干完。一年四季里，一庄子人在一起生活，总是在相互的比较中把日子往前赶。有的比较在茶余饭后的闲谈中，有的比较在田间地头的庄稼间。可再怎么比较，都得动手用力、弯腰流汗。若不然，日子不会撵着来，生活不会跟着好。

想过好日子，就得动手干起来。

3

走了很长的路，心里有些累，便找着一块石头坐下，朝着更远的地方看一看。

一坐下来，风也跟着停下了脚步，紧紧贴着肌肤来回抚摸，一起眺望峰峦间的茫茫林海。从山沟到山坡，从山谷到山峰，灰榆、扁桃、云杉高高低低、零零散散地攀爬在不同的地方。它们从春到夏、经秋历冬，迎着风把种子撒成一棵棵树，又尾随山峰巨石一起生长。树是长不过山峰的，只能紧紧拥拢着山石，把自己的一根根树根扎向一个个能容身的缝隙，再把一片片的云叫下来，一起陪着山度过每一个平常的日子。那些云听着树的呼唤悄悄停下脚步，又丝丝缕缕地盘作一层云雾，与山、与树、与石相依相偎。山的面容有些褶皱，云便洒下一些雨水、腾起一重雾气把山坡上的青草湿润，然后让蓝蓝的花、绿绿的草沐着轻风一一绽放。也只有在群山峰峦之间奔跑，一片又一片的云才知道山的深情，也明白一朵朵的花盛开之后的意义。

静坐一阵儿，一场雨悄然下了下来。

一群岩羊冒着雨从山坡前缓缓走下来。它们循着石缝间的气息重新把数年数月前的路程走过，让沿途沾满一路记忆，也沾满曾经的过去。现在，趁着一场雨，跟着山坡前的青草葱茏再走一遍原来的路，眼睛是熟悉的，蹄子是熟悉的。它们以跳跃的方式把一辈子的行程走过，更用蹄子间的力气迸射一辈子的争取。它们三五成群、六七成队，散漫穿行在高山崖壁、峰峦巨石之间，让一路的峰峦借着一场细雨恢复神情。岩羊知道，一场细雨后，山上的树会继续吐绿，山坡上的草会继续泛青，沟谷里的水继续流淌。它们蕴积伸展的枝叶就是岩羊追寻的方向，就是岩羊穿梭悬崖峭壁的动力。现在，雨后的岭湾坡上青草盈盈，岩羊开始群群奔来，用细嫩的嘴唇啃食草坡上的草。它们吃一口，尾巴就如意地甩一回。然后抬起头向四周望望，确认没有什么危险后，就又低下头继续吃草。

岩羊吃草的时候，雨停了下来，随之而来的轻风细细吹拂。西边，几片浓云正从腾格里沙漠的半空中涌来，试图鼓起一股子力气翻越苏峪口、贺兰口、插旗口。但到山一侧时，几片云放缓了脚步，散散漫漫地飘忽在山一侧，又慢慢地涌浮到林海中，随后沿着几道曲折的山沟四散而开。望着几片云，谁和谁相拥是一种可能，谁把谁淡忘也是一种可能，谁与谁分别更是一种可能。既然有可能，一座山、一片云、一缕风、一棵树都会在一个分岔的地方掉头痛哭。

起身往回走，再望大黄昏，一个苍凉的手势已刻写在贺兰山上。而现在，我走在苍凉的贺兰山上，才发现误过去的路程才是最大的苍凉。

小　暑

1

七月，麦子熟了。

拎起镰刀弯下腰，揽过麦子一使劲，一把麦子就收了回来。回头放麦再转身，一步一揽麦，一镰一收割，辛苦一季的庄稼算是有了收获。割完一垄地，抬头擦擦汗，天是溽热的，眼是纯净的，心是轻盈的，左左右右的玉米、黄豆、向日葵也是欢欣的。走到田埂边坐下缓一缓，喝一口浓茶，吃几块西瓜，收获的滋味欢欢快快。再看邻家田地里收麦子的几个人，还在挪动着身影嗞嗞啦啦割个不停，便站起身来，朝手心里吐一口，拎起镰刀弯下腰身继续割。

小暑日，熟了的麦子要黄一片割一片，就得抓紧了日子收麦子。

之前的连绵雨已把一庄子人的心都下疯了，天天听着雨、看着云，心里盼着雨赶快停下来，别让几场场不停息的雨把麦子打趴，麦粒打散，让从春到夏的耕耘白瞎了。一群群的喜鹊冒着细雨飞来飞去，望着田地干着急。收麦子由天不由人。一进入夏至，溽热来了，雨季也来了。热了好说，让太阳把泛黄了的麦子晒干晾熟长饱满，趁着晴朗赶紧收割。下雨就麻烦了，麦穗阴湿受潮，田地泥泞难堪，误过几天就是误过一季。从夏至日开始，父亲母亲就计划着收麦子。先是把家里的粮房清理腾空，把门口的粮场打扫干净，再天天从一块田地走到另一块田地，一一端详庄稼的生长样、成熟样。等安抚好玉米、水稻、西瓜地里的事情后，再腾出手摘下发锈的镰刀磨磨，找出老鼠嗑了洞的粮袋补补。其间，边下地干活，边招呼几家邻居并工收麦打场。

收麦子就这样，几家子人临时合起来，再苦的累活也能干完，再长的麦地也能割完，再多的粮食也能收完。从一块田到两块地，从村东到村西，一庄子人集合起来趁着天晴、冒着溽热，从早到晚忙个不停。就连家里的牛马驴骡也铆足了劲、使出了力，驾着板车、冒着天热来回跑。一个麦收时节，一庄子动弹起来，一片大地也动弹起来。等收完地里的麦子，一一就地打捆、运回粮场、码垛打场，把一袋袋金黄饱满的麦子收回家后，一家人的心才算定了下来，一个村庄也就安静了下来。心一定，小暑时节的溽热不再热，纷繁的忙碌不再忙。一家家的院子里传出阵阵欢声笑语，一声声的季节之音穿透田野。抬头看看夕阳，庄户人都知道，绿了的田野就是自己耕耘流汗结出的果，熟了的庄稼就是土地赐给自己的福。

望着颗粒归仓的麦子，七月不流火，小暑不暑热。

2

穿越荒漠不需要假以时日。

夏日的毛乌素沙地铺上一层层绿毯。青草静静长在沙坡上任由微风吹拂，不时甩动叶片，仿佛仰起头看看太阳，看看云彩。能看见的阳光透过叶子化成劲长的力量，也扰得埋在地里的根系竞相争夺。几条根系耐不住寂寞，便从草的另一侧再分蘖出一棵草，让新草帮它去看看天空是什么样子。

青青的草一出来，满眼的绿色就让根系沸腾，更让睁开的眼睛心旷神怡。阳光大片大片倾洒在草坡上，一望无际地将一片片沙、一道道梁、一沟沟水、一条条路连绵相依，也一望无际地把遥远的天边拽住。几片白云想挣脱草的缠绵，便拔腿朝远处飘。但没飘多远，草顺着沙坡传上来的呼唤让云的飘浮很沉重。往前走吧，草喊着呢。停下步吧，走不远。偶尔回过头，草正站在大地上眼巴巴地等待着、张望着。看着草的样子，往外飘的云忍不住掉头转身，回飘过来轻轻俯下身子抚了抚青草，又涌过几缕气息拥抱草坡。都是天地间的生命，谁能舍得将谁轻易放弃，谁又能舍得将谁随便远离。一粒麦子知道，小暑收割后，一定会有下一个春分在远方等待，更何况一棵青草对白云的轻声细语。属于内心的，迟早会回来，因为头顶永远飘荡思念的气息。片片的云、连绵的草、低吟浅唱的牛羊都是思念的一部分，都是思念尾随而至的至亲叮咛。

现在，脚步重新走回来。踩在每一块松软的沙土上，每一棵青青小草都会油然升起一汩汩难以抑制的憧憬与畅想。蹲下身，摸一摸油亮细嫩的青草叶片，草会冥想远去的时光。只是一茬茬的草随风掠过一块又一块的土地，又沿着一季又一季的风，前赴后继地守护着大地的葱茏。青草知道，属于自己的世界就是迎风生长，仰望天空。许多次，一丛丛的草集群站在山坡上朝天仰望，用摇摆的身体招呼一片片云下来与它们畅想，也招呼飞来飞去的鸟儿落下来与它们歌唱。云被风推着，一时半会儿下不来，就用身体碰出一些细雨落下去，飘在青草身上，落在草坡地上，渗透到土壤里。但凡有一场雨降下来，满山坡的青草都会自由欢唱，迎着细雨咯咯咯地发出畅意的欢笑。等雨停了，太阳出来了，一大片的青草镀金般地把天际线镶嵌，也把来来往往的人迹起伏成自己的模样。

守住属于自己的故乡，草不会轻易相忘，更不会抬脚而去，多半都会宁静守望，把自己的身影拉长成夕阳西下时的寸寸流光。一群群的鸟儿听了草的呼唤先后从天空中落了下来，静静陪伴在青草旁边，找一处隐蔽而又空闲的草丛蹲伏下来。一蹲伏，才发现草丛的滋润与惬意。大片的草地没有人家，也没有尾随而至的天敌。只有一览无余的湛蓝天空纯净视野，片片白云飘逸心灵。旁边，不断破茧而出的豆娘、蝴蝶上下飞舞。有草有水有虫，有天有云有风，一群群的鸟儿伴着青草的呼唤蹁跹起舞。时而高飞，时而悬停，时而俯冲入水叼起一条小鱼。一群飞鸟欢愉，一片土地欢愉，一丛丛青草更欢愉。曾经静阒的草地不再寂寞，伴着成群结队的鸟儿顿时热闹起来。一热闹，整片草地就有了生机，整个季节就有了气息。从小满到夏至再到小暑,夏日里的荒漠草原因为片片青草、朵朵白云、群群飞鸟变得静谧而丰富，滋润而沉静。只要有一阵风吹来，一棵草的叶片就会更舒展，一朵花的绽放就会更从容，一只豆娘的破茧而出就会更精彩，一只遗鸥的飞驰就会更清逸。草与鸟之间，天与地之间，生灵相伴，气息相容，让一个隐没在视野之外的大草原溢满季节的记忆，更让每一双亲近草原的眼睛湿润。

往草原深处走，一棵棵青草正在小暑的溽热里欢愉问候，一只只鸟儿正在我的前后鸣唱伴随。

回望大南湖，草色到天边，遗鸥已归来。

3

地上的绿延伸到哪里，天上的云就追到哪里。看着一片荒漠变成油绿草原，就像一个迷恋沙漠姑娘的痴情汉子，一路吹着口哨把满眼美好的风景追逐。

几十年前，眼前的荒漠还是一连串明晃晃的流沙，一有风，随时扬起的沙可以把眼睛迷蒙，也可以把路途丢失，还可以把走丢的日子迷乱。而现在，一丛丛的猫头刺、沙冬青、沙打旺、红柳林团团簇簇抱紧一个个沙丘，从生动长成高低不等的绿团。朝远处看去，原先沙漠晃动的地方成了一处处宽展怡人的草坡，连绵浩荡地把沙丘掩盖，把过去淹没，也把心里最不舒服的印记抹去。荒漠变成了草原，眼睛是舒服的，心情是粗犷的，连说话间的神情都是舒畅的。站在马家墙框子的一处草坡上朝远看，沙丘间闪出的大南湖正用镜子般的湖水把绿色缀连。近处，大批的豆娘脱掉茧子，靛蓝靛蓝地飞舞在眼前的黄花绿草间，时而静静地停在半空中，时而静伏在黄花上，时而掉头隐没在微风里。

一个宁静的正晌午，因为豆娘的飞舞，突然有了更多的怦然心动，也有了更多的憧憬愉悦。

日子朝前几十年，脚下的马家墙框子流沙晃动。一些流沙跟在房子后面，趁着房子不注意，慢慢顺着后墙爬上房顶。一个被风吹迷路的汉子深一脚浅一脚地往回返的时候，一不小心一脚踏空，从另一侧的房顶上掉了下来。幸好院子里也刮来一些沙子，踏空的汉子没有被摔着，但心里却是一阵阵柔软的惊恐。沙子把房子、院子、羊圈、栅栏随便掩埋是常事儿，把一条条通往外面的路随便压住也是常事儿，风停下来看不见什么绿草绿树更是常事儿。住在沙漠里，盼着雨下来、草起来，也盼着鸟儿飞来、虫爬来，把满眼的沙漠搬走。

现在，昔日的沙丘间冒出了水，一寸寸的草顺着沙坡朝上爬，豆娘也贴着地面伏成一大群，连消失多年的遗鸥也站在大南湖的水岛浅滩上安家落户。眼中的画面装着自然生灵相伴相随的寻觅与探索，装着时光流转里的幸福与美满，更盛着世间万物寻常日子里驰而不息的变幻与今昔。

风轻轻地吹，云淡淡地飘，遗鸥振动着翅膀快意地穿梭。偶有几只飞离湖心岛，静静停歇在半空或湖面，静静伸出黑色的头颅环视周围。一群鸟的到来让荒漠顿感新奇，也让大地的曲子曼妙绵延。在可以调整的序曲里，夏日里的荒漠溽热而不腥风，干燥而不焦渴。再望望马家墙框子，散落的村庄早已成为记忆，取而代之的是人来人往后的残留故事。

遗鸥归来，让失落的心灵再度欢欣。

4

雨下个不停，几乎要把走过的路全部封堵。

我知道，我来的次数少了，连雨都觉得委屈。一来，雨就欢快地下，风就欢快地刮，连林中的鸟儿、山中的鹿儿都欢快地鸣叫。一只小灰狼蹲伏在山脚下，见我走了过来，小灰狼也从路边走过来，友好地伸出前爪向我示好。靠近小灰狼，我蹲下身子轻抚它，只见它浑身湿漉，眼泪汪汪，闪出忧郁。我知道，雨中的它需要一份温暖、一份抚慰。可现在，我只能轻轻抚摸它，让它暂时摆脱忧伤，重新站立起来走向属于它的地方。一只云雀从我的头顶飞过去，轻轻落在对面池塘边的石头上，左顾右盼地盯着我出神。它往前跳一步，便回过头望一望我，然后又转过头朝池塘中跳去。我静静站在一棵树下，细细观察云雀的样子，才发现一只鸟儿的纯净竟使人鸟相对时心灵产生触动。

沐着黄昏夜雨继续行走，微风吹拂，神经清醒。庄稼地里的玉米趁势劲长，开盘的向日葵清香袭人，满地的西瓜沐着黄昏细雨加紧成熟。细细的风一遍遍抚摸田野里的庄稼，也一遍遍抚摸每一个伸展的梦。在接下来的夜梦里，躺下去的身子将会一分为二，一半被风吹着，肌肤清莹；一半被热烘烤着，汗渗脊背。睡着了的身体拥抱着灵魂，生怕被一股莫名的风吹走。就像一棵茁壮的树，用根死死抠住大地，不让四处吹来的风把树上的叶子带走。

而这是三伏天溽热间隙里的一次意外细雨。进入三伏天，溽热与细雨交叉光临，不经意间，很多事情由不得自己。庄稼地里，该是谁的庄稼就该谁收，该是谁的粮食就该谁有，可千万不能随便扔了自己的镰刀，任由别人把地里的麦子割走。白天，一大群麻雀扑进庄稼地里欢快地啄食草丛间的虫子，一大堆青蛙蹲在荷叶里鸣叫不停，一大片蜻蜓立在空中交相飞舞。偏过头看看天空，许多落在大地上的阳光已经长成了挺立的树、碧绿的草、盛开的花。它们参差不齐地朝着天空张望，希望空旷的天空把它们重新拉回。季节里照射出来的缕缕阳光已经把大地走了个遍。它们欢欣喜悦地从春走到夏，从秋走到冬，几乎把一路照射的力气全部洒到大地上，让大地迎着阳光不断承受。

小暑已到来，就让汗水再流流。

大　暑

1

月亮上来了，满地的西瓜沐着月光悄悄膨胀，让寂静的夜贴着地皮听见西瓜熟了的嘶嘶声。

摸着黑，借着光，几个幼小的身影从瓜田对面的玉米地里钻过来，一一蹲伏下身子趴卧到不同垄沟里，借着月光缓缓朝前挪。瓜地伏满夜露，顺手撩瓜秧，手指沾湿，袖口也沾湿。透过瓜秧，长大了的西瓜藏不住身影，纷纷沐着月光冒了出来。摸到一个大西瓜，先用小手指弹一弹，听听西瓜“砰砰”“咚咚”的声音，再用小手摸摸瓜皮是否有棱有沟。声音脆脆的、扑扑的，又有棱有沟，西瓜就是熟的。顺手一掐瓜把儿，瓜就掉了，顺势从瓜秧间扒拉到怀里，用一只手把瓜贴在腰间侧卧着往后退，一直退到玉米地边，抱着西瓜的身影才算站起来，屏着的呼吸才算松下来。再看几个小伙伴，还没有从瓜地里上来，还伏在垄沟里把瓜秧抖得窸窣作响。月光下，看不出哪点趴的是老羔，哪点卧的是二郎，哪点一动不动的是丑娃。想叫不敢叫，想喊不能喊，只能悄悄蹲在玉米地里抱着西瓜静静等人。侧耳，听听哪点有弹瓜的声音，就知道还有一个人趴在地里摸着瓜。

对面瓜窝棚亮起了灯光。是手电筒，还有人走出来。心里更急了，眼巴巴地盼着他们赶紧上来跑。可是谁也没有上来，瓜地里也没了动静。看瓜人拎着手电筒朝着瓜地摇来晃去，又朝地里猛喊了几句：“都给我上来！再不上来，看我不把你们的腿棒子打折呢。”听声音，是五爷。五爷性子暴，撂一句话就能砸出一个坑。哎呀，五爷眼皮子底下摸瓜，不是找残么？话是狠的，但地里没有一丝动静，只有手电筒的光束来来回回在瓜秧上面照来飘去。没有谁站起来，瓜秧间静静的、悄悄的，没有一点声响。我蹲在玉米地旁的田埂一侧，屏着呼吸透过漆黑的玉米地看着手电光照来闪去。我的心都快提到嗓门眼了，腿也灌了铅了，要是让五爷逮住，可怎么办呢？心里更急，老羔、二郎、丑娃都在哪里呢？

西瓜在月光下明晃晃地闪着白光。手电筒照过，一个个还在。此外，一条条伏落在西瓜旁的秧叶儿也沐着月光，沾着露水，继续在看瓜人的脚步间伴着西瓜发出嘶嘶声。朝地里喊了一阵子没动静，五爷收起手电筒朝瓜窝棚走去。连照带吓唬的五爷一转身，几个小伙伴悬着的心就渐渐落了下来。过了一阵子，瓜秧下的窸窸窣窣重新动弹起来。又过了一阵子，背后有个低沉短促的声音传过来：哎——哎——哎，快走！一转身，老羔、二郎、丑娃各抱着西瓜蹲伏在我身后，露着白牙使劲悄笑，还嘿嘿嘿地笑个不停。笑声很低，也憋着一股子劲，含着一股子兴奋。老羔打了个手势：撤！几个小伙伴就猫着腰，抱着西瓜，深一脚浅一脚刷着玉米地里的露水朝另一个方向跑了。

跑啊跑，走啊走，一直跑到靠近村子的粮场上，几个小伙伴寻着一处麦垛把瓜放下来，才你指我、我指你地大笑起来。笑了一阵子，又叽叽喳喳地描述刚才摸瓜时的惊险。说笑了一阵子，几个小伙伴围成圈坐下来，挑了一个西瓜朝地上一砸，把瓜摔成几牙，然后分别抱起瓜牙吃起来。

夜风微微地吹着，月光静静地看着，西瓜凉凉地甜着。瓜牙太大，几个小伙伴几乎把脸伸进瓜牙里。嘴小啃不过来，就伸出小手抓着瓜瓤大口大口地吃。半夜里，谁也看不清谁的吃瓜样儿，但能听见吃瓜时的兴奋。吃瓜时的嘴吧嗒吧嗒的，边吃边说的话呼噜呼噜的，吃瓜的样子让月光也有些羡慕。

呵呵，夜里吃瓜真舒服。

2

有些事情终究没有如期而来，也就搁在心里不再想了。谁都知道，实现不了的事情想也没用，不如扔掉，重新想一些能做的事情去做做。最起码，不要让睁开眼的日子独自空耗。

麦子收完了，套种了玉米的地里顿时空出了一行行、一片片。地一空，玉米趁势长起来，野草也趁势复苏，菟丝子、苍耳、千屈菜、打碗花也纷纷借着热浪蔓延开来。远远望去，之前的麦收好像没有发生，春日里弯下腰点播瓜菜，机播玉米、向日葵的辛勤也没有发生。庄稼错前错后地长起来，绿油油的把季节遮掩，也把满眼的过往闲散。那些种下的种子，干过的活计就像流下的汗水、褪掉的皮一样，被暴烈的太阳一晒而尽，也被忙个不停的人轻轻抛掉。尤其到了大暑，一波波热浪把人热得脑袋发蔫，表情发呆，连抬步走一走的心思都没有，只想找一个地方赶紧躺下去，腻着一身微汗睡一会儿。热浪里，人的气都喘不匀，谁还有心思念想过去呢？人的身体一发蔫，再有趣的事情都抵不过躺一躺，逮个空子找个阴凉地眯一会儿。拾麦穗的人会坐在玉米底下缓一缓，看瓜的老汉会在瓜窝棚顶上迎风睡一睡，就是下地除草一上午的女人们也会捂着头巾寻一处树荫眯一阵子。

整个正午，阳光暴晒着。田野里安静了下来，几只黄蝴蝶、黑蝴蝶、白蝴蝶、花蝴蝶顶着酷暑的热浪在玉米、黄豆、南瓜、西瓜、向日葵间上下飞舞。一群群的蜻蜓嗡嗡嗡地振着翅膀伏落在不同的草尖上、花朵上、玉米叶上，不时趁着短暂蹲伏振几回翼翅，捋几回口器。螳螂没有休息，弯着前后肢勾住玉米叶、芦苇秆，淑女一般地含着妩媚，轻轻望着周围，盯着飞来飞去的蝶儿、蜻蜓、豆娘伺机而动。蜘蛛网也铺挂了起来，阳光一照白花花的。但是现在，蜘蛛们已经躲到阴凉处缓着去了，就算是几只蚊子沾在了网上，它们也没有多少心思爬过去吸吃。天气很热了，地里漫涌起来的热烘得玉米有些发焦，热得虫子四处乱跑，烤得蜘蛛、蜻蜓无精打采。就算是有点儿劲，也只能攒到热浪过后再去使。

天暑着，虫伏着，庄稼发蔫着。一朵朵白云软绵绵地飘浮在半空，没有多少心思地打发空旷。此外，是一大片的宁静，起起伏伏地把村庄淹没。

已经放暑假了，闲下来的娃娃们天天撒欢一样地奔跑欢笑。尽管田里农活不断，但只要有空子，娃娃们就一道精光不见了。每天吃完中午饭，几个小伙伴就相约着跑到村子边上的渠沟里洗澡。其中的一个扒拉几口饭，就匆匆从家里跑出来，连奔带跳地跑到一个伙伴的院墙外，拉长声音大声地喊了一声“老——羔——”，然后就蹲在墙角下等待。一阵儿，院门开了，轻轻挤出一个身影，蹑手蹑脚地把门拉好，然后看着喊自己的小伙伴努了努嘴，又使了个眼色赶快走。两个人碰上了头，就相约着到另一家去喊。一中午，几个小伙伴一招呼就跑了出来，一起蹦蹦跳跳地跑到梧桐树干渠洗澡去了。澡是天天要洗的。虽然梧桐树干渠里淌来的黄河水黄乎乎的，还带着泥沙，但是活水里流淌的清凉却让夏日里的身体爽快透顶。从干渠这头的大树下游到对面的一棵树下，再从另一侧游回来，几个小伙伴用狗刨就把暑热打发了。

游完了泳，洗完了澡，几个伙伴提着鞋子，光着脚丫，追着干渠边的树荫前后地跑。一直跑到一个刚刚停了水的水闸口边停下来。他们知道，放完水关了闸的欢洞口会藏着很多被水呛晕的黄河鲤鱼，也有长肥了的黄河鲶鱼躲在里面。水闸一停，鱼儿们就会被闸口挡住游不回去，只能被圈困在闸口处的水窝子里。看见闸口水停了，几个小伙伴就扔下鞋子，卷起裤腿，跳到闸口的水坑里摸鱼。一下去，鱼就惊恐起来，上下乱跳，四处流窜。其中一个伙伴干脆脱去裤头，精着屁股坐在下水处，伸开两条小腿去挡鱼。不一会儿，有一条大鱼游到伙伴的腿卡子里，还使劲地朝他的屁股底下钻。趁鱼下钻的时候，伙伴双手卡住水里的鱼头鱼尾，还大声叫唤着其他伙伴来帮忙。几个小伙伴一来，一起伸出手抓着鱼，又一起叫唤着把鱼抓着扔上了岸。呵呵，是一条一尺多长的黄河鲤鱼，连鱼鳍都是金黄金黄的！

抓住一条大鱼，小伙伴们高兴地折下旁边树上的一根柳枝，把鱼串了起来。然后又扑通扑通地跳到闸口水坑里继续摸鱼抓鱼。一条、两条、三条……一晌午的时间就摸了几吊子鱼。看着日头，太阳偏西了一些，几个小伙伴大致分了分鱼，就赶紧提着鱼往回跑。毕竟，下午的农活还等着，放在田野里的牛羊还等着，生怕回迟了又让爹娘狠斥一顿。

澡也洗了，鱼也摸了，热也退了，几个小伙伴急急忙忙地朝回跑。边跑边约着晚上一起到哪里去看电影。尽管他们之前已经看了一遍又一遍，但是电影里的故事还是引得他们半夜乱跑。

因为跑一回夜路，就知道夜里还有另一片天，路上还有另一群奔跑的人，一路还有更多村子里没有发生过的故事。

3

等我苏醒过来，身旁长满了草。

细丝丝的雨落在脸上，淡淡的云飘在眼前。几只牦牛守在我的一侧，无声陪着我看着山坡对面的山坡，望着峡谷对面的峡谷，听着空旷里的空旷。我能从它们并排站立的身影里感觉到风，细细地穿过它们的皮毛、腿脚，穿过青草、狼毒的缝隙掠到我的脸上。风不是太大，浸满了凉意。但是有牦牛的阻挡，风里夹杂了许多牦牛的气息和青草的清新。我摸了摸自己的脑门，还在。又伸了伸四肢，也在。都在，就慢慢坐起来。之前，怎么仰躺，又怎么沉沉睡去，已不清楚，只觉得眼睛发瓷，浑身酥软的时候，有一个轻盈的影子抱着我从山脚下飞了起来，一直飞呀飞，飞到一处巨峰林立、冰雪飘零但又绿草丛丛的半山坡，轻轻让我落下来。落下来，我就不明就里地遁入梦乡，沉沉地把自己交付给了大地。

而现在，牛的舐舔让我重新苏醒。缓缓坐起来，顺手捋捋几头牦牛的耳朵、额头、脸颊和黑黑的长毛，手掌里由不住传来一汩汩热意。是牛们用自己的身体为我挡去了达坂山巅的风寒雪线，也是牛们用自己的守候让我重回温暖。我伸展一下腿脚，又抬臂四下撑开，脑门上、神经里、骨骼间明显有一种冰冷。意识是冰冷的，梦境是冰冷的，连雪线边缘的仰躺也是冰冷的。我缓缓立起身子，轻轻捋捋牦牛的长毛，汩汩热意开始沿着手臂之间的血管扑哧扑哧复苏我的意识。几头牦牛看着我苏醒过来，便抬起蹄子缓缓分开。它们相互用宽宽的鼻息朝着达坂山雪峰的方向喷哧了几下，朝宝库河河谷哞叫了几声，山谷、河谷、峡谷里就传来一群群的牛哞声。一牛哞，卓尔山、大通河、大红山、俄堡镇沿线山坡上的青草重新站立起来，沐着细雨继续朝着七月的季节生长。它们疯长着，一寸一寸把我复苏成山坡、耸立成雪峰，也把我飘荡成白云、飘落成细雨。我的耳际里，大通河、宝库河的流水声，卓尔山、大板山、小红山森林里的松涛声哗哗啦啦、轰轰隆隆地嘈杂在一起，仿佛欢庆一个生命的复苏。尽管我的坐立还不能完全恢复，但耳际里飘来的声音已将我从冰冷里拉了起来。包括之前扶我而来的那个身影，也款款地依偎在我的身后，含情脉脉地望着一片流云出神。给了我温暖的牦牛蹦踏着蹄子拖着一身黑长毛从我旁边悠闲走开，身边的青草趁着细雨用力地扎根。

倚靠一块巨石，天地是空旷的，草原是起伏的，河流是激荡的，视野是辽阔的。此时的祁连山，峰峦森林此起彼伏，冰川雪线白雪皑皑，草原草甸一望无际，就算是门源的油菜花、祁连的黑牦牛，也在层层流云的轻拂渐隐间腾起寸寸的思念，也让一道道刻痕沿着鱼尾纹滑入眼睑。我望着祁连山，一大片记忆如同河流般的流淌深烙视野，也深烙骨骼。经行在时光交错的天地间，任何一种不能抹去的印记都会沿着鱼尾纹刻满沧桑，注满忧伤，也会顺着眼角流淌出一滴滴深藏敬畏、心怀感激的轻柔泪水。阵阵细雨继续飘落，我望着祁连山不断沉默，任凭流淌出来的泪水瞬间化作彩云、化作细雨、化作溪流，重新成为生命复苏的精灵。

我抬步缓缓朝下走，背后的身影携着几片流云伴着我。我不知道身后的身后是否有祁连山的雪豹跟随，也不知道背影后面的背影是否有秃鹫飞掠。但是在头顶，一只只红隼正左右不离地陪我一路呼啸。

或许，我把一场梦睡在祁连山，就能把接下来的苏醒扎成许多沉实有力的根，为一头头牛、一只只羊、一匹匹马、一朵朵云讲述一个个说不完的故事。

立　秋

1

一晃，八月了。

天上的云闲闲的，地上的草闲闲的，路边的花闲闲的，树上的鸟也闲闲的。跷着二郎腿躺在瓜棚顶上，仰面看天很辽阔，也很空旷。几只燕子横掠着把视野穿透，几群雁鸭晃动星点般的影子把季节飞远。转个身，换个眼神，横横的田野连着天边，密密的玉米隐没村庄。对着天空叹叹气，从春到夏的光阴好像干了些什么，又好像没干什么，大半年的时间就晃过去了。微微的风吹过，肌肤间冷不丁浸入一丝淡淡清寒，才知道夏和秋又要相逢了。或许是一滴秋霜的滴落，或许是一片树叶的枯黄，或许是一缕秋风的吹起，季节之间的相逢轻轻触碰出一些不经意的痕迹。等回头，时光不在自己手里握着，就让日子把田地追荒，也把自己追荒。

从正午到黄昏，从黄昏到夜半，清醒和迷糊来来回回地黏附在睁眼闭眼的倏忽间。白天里，有只小蝉打了个激灵，伸伸触角开始朝树下爬去。它知道，再度醒来需要沉睡十七年后才能让自己的后代重现自己。而现在，只能沐着末伏的暑热鸣唱完此世最后的歌声。

黄昏下，池塘里的蛙仍在鼓腮鸣叫。它蹲在宽圆的荷叶上，曾经成夜成夜对着星空冥思，然后扑通扑通地把夏日里没有做完的梦四散成层层的涟漪。到了夜半，奔跑的狗寻着一处地方趴伏下，竖着耳朵循着蛙声朝天吼了吼。狗想听清蛙鸣的意思，蛙也想听清狗吠的气息。蛙与狗都伏着，都在彼此的声音里寻觅一个季节的痕迹。狗朝天汪汪直叫时，很多的狗叫会顺着咧开的嘴掉落，真正抬上去的声音没传多远又被清霜凝固阻滞。游晃在白天里，伏天的热让狗伸出的舌头比嘴长；静伏在夜半里，朝天的狗叫让狗望天的眼神比嘴扁。狗嘴收不住声音，就收不住梦境。一叫，就把夜半里的梦惊醒，也把沉睡的村庄吵醒。一醒，层层叠叠的清霜将狗的吠、蛙的鸣、蝉的叫一一浸住，逐渐在半睁半闭的眼神里流露出汩汩说不清的滋味。之后，末伏里的溽热趁着一场秋风逐渐变凉，也逐渐开始另一趟行程的回眸。

狗吠吵醒了夜梦，也惊醒了村庄。有个胆小的女人还以为谁闯了进来，便倏地坐立起来，摸着黑，拉开灯，四下里看看有什么动静。侧耳听了听，除了狗叫便是蛙鸣，还有躺在一侧的男人的呼噜声。再掀开帘子朝外看，院子里也没什么动静，只有高大的树冠被风吹得直晃动。听听没什么，看看没什么，女人心里不再惧怕，便拉了帘子黑了灯，缩身到男人身边继续睡。

女人知道，睡着了的夜可以把很多声响掩埋，也可以把立秋时节的清凉送来。

2

已经立秋了，大半的农活基本告一段落。进城买点肉，找人喝点酒，再约几个人坐在葡萄架下闲谝谝，日子滋滋润润地过去了。偶尔，趁着夕阳从河的这一面奔向另一面，再沐着晚风从河的另一面返回这一面，沿途的河流将纷繁的过往缓缓流淌成过眼云烟。所有的村庄都看不清自己，只有跑出去，才能在回头的一瞬间看出一些名堂。河岸旁，庄稼地浓密的玉米、向日葵渐渐把村庄隐没，只留出几缕炊烟伴着牛哞狗吠轻轻飘荡。排排白杨后面的稻田已经把立夏时镜子般的水面全部铺满，迎风一吹，能把半山坡尾随而来的目光摇晃，也能把走了一路的脚步欣喜。

寻一处稻田蹲下来，已经怀苞的稻穗正沿着第五片分蘖出来的茎叶扬花抽穗。再趁着夕阳淌一回水，田野的稻花就会迎风散起。绿里含白的稻穗有一半蜷曲在茎叶里，如同新生的孩子闭眼沉睡，而另一半已经挣脱茎秆伸出穗头，细嫩细嫩地把稻谷拾起。从立夏到大暑再到立秋，每一株稻穗历经大暑时节的伏天孕育，逐渐在立秋前后如同轻弹的手指一点点展开。细数，十二三束细茎稻穗上悬挂着一百五十多粒新生稻粒。立夏种稻子，人心能安。立秋抽穗子，人心更能安。伴着伏天的溽热，每一束稻穗逐渐脱苞伸展，将一粒粒稻谷由瘪变饱，由软变硬，直到稻粒饱满，压弯穗头时，一季的稻谷算是真正地收获了。

风在轻轻吹，云在淡淡飘。立秋日，大批的蜻蜓、豆娘趁着稻子扬花抽穗四下飞舞，并捉对共度美好的一瞬。它们知道自己的生命短暂，但是从来不会轻易放弃属于自己的季节。夕阳下，一对对择偶成功的蜻蜓正前后翘尾横翼地蹲伏在稻叶上，镇定自若地歆享着生命相续的快乐。至于立秋之后能否让稻浪滚滚的田野掠满群群的蜻蜓，此刻已经不是太重要的想象了。当下的快乐里，欢欣的追逐与生命的延续只存留于雌蜓尾翼与雄蜓腹部交接的一刹那，之后便是伴随溽热一天天将排出的大虫卵变大变壮，变得半空飞满新生的蜻蜓。当然，村庄里来来回回的目光没有理会蜻蜓相互追逐嬉戏时的细节，只是望着尺把高的稻浪嘿嘿直笑。

一笑，一片蛙声鸣起，一群飞燕飞起。一鸣一飞，一个村庄的黄昏悄然降临。之后，一季稻香趁着夜色拔腿奔跑，想把一场未做完的梦继续延伸。

3

山泉淙淙，流水潺潺。

哈尼村寨的田塘墙院到处伏满水的气息，响起水的声音，仿佛每一滴水都在说哈尼村寨的影子。两头水牛从村寨旁边的小巷慢慢悠悠走过来，一群白鸭从巷口另一侧跑了过来。牛和鸭在巷口相逢时，十分礼貌地相互侧身而过，好像熟悉的邻家一样谦恭有序。一只灰黄母鸡带着四只鸡娃临着石头砌成的墙根刨食吃草，不时趴在流经墙根的泉流边低头啄饮。村寨上头是山坡，两只灰鹅痴情地伸出黄喙贴着草皮啄食。大鱼塘村星罗棋布又曲径通幽地沿着山坡把一户户哈尼人家连接了起来，也把山间的云气、梯田里的稻花香气紧紧地拥簇起来。往下看，是高低排列成片连绵的梯田稻谷，朝上看，是高大伟岸的茂密森林。林和田之间是潺潺不断的溪流，是曲折蜿蜒的水渠水沟水道水洼。云雾爬伏在山坡上，随时拽着旁边的风漫涌，也相互碰撞着发出电闪雷鸣。但云雾漫涌之际，梯田与梯田，池塘与池塘，依然平静无痕，只待一阵大雨劈里啪啦打了下来的时候，梯田和池塘才在雨滴的垂落中泛起层层的圆圈。池塘在梯田间并不起眼，打在水面上的雨滴也不起眼。可是晕圈荡开的时候，整个梯田也在荡开，并沿着沟谷一层一层地向山坡逆荡，直把半面山坡四面而围，围成一个可以寄放灵魂、寄托思绪的地方。

村寨弥漫着水气，也弥漫着炊烟升起后的人间烟火气。狗叫了，鹅鸣了，牛哞了……黄昏时分的哈尼村寨逐渐被隐没的山峰隐没，也被重重暗夜逐渐昏暗。远处，几盏亮着的枯灯把山坡点亮，也把白天里没有看够的风景继续延伸。

那时，黄昏笼罩哈尼，梯田蕴藏精致。只是眼前的精致需要大地收藏，需要汗水流淌，需要用心珍惜。否则，不属于内心的精致迟早会让人精疲力尽。

处　暑

1

流云追逐着野草，叮咛追逐着奔跑。

几个人欢声笑语地穿过八月，一路寻找自己丢掉的日子，也从一大片的秋草倒伏间忘记自己游走的路途。从一个地方出发，朝前走是必须的，哪怕前面的秋光都是枯黄的，前面的路途都是漆黑的，前面的面孔都是陌生的。只要抬腿朝前走，就得直直走下去。走过了，起风的路上不寂寞，尾随的风尘不埋没，斗转的星移不沉默。一路山高水长相伴，花草树木相随，能看见往后退的行程有欢声、有笑语，有突然冒出来的怪异表情。秋风渐起的八月，几个人在穿越，几道山在穿越，几片云在穿越。一穿越，眼睛里多了些景致，心头里多了些留恋，话题里多了些峰峦，连拔腿奔跑的脚板也沾满高山流水经行的记忆。走到一处歇息点，几个人大眼瞪小眼，相互看一看，扑哧笑出重逢后的欢颜。再见面，表情不再僵硬，口齿不再无语。谁来谁去已不重要，重要的是一个人的行走不再留在原地，而是趁着秋风随便起伏。

几个人趁着八月结群寻找，找一片山坡青草，找几声唵嘛呢叭咪咔，找几条羊肠小道，找几处荒野寺庙，还想找几行烙在心里却模糊不清的石刻铭文。寻找的路途随意伸展，可以进村，可以入户，可以直达某个不为人知的山坳。只要把心里的轻飘逐一抛掉，换上几重略带青铜的神情归来，便是跋涉一段路程后的收获。之后，几个人趁着夜色归来，揣着不同的梦意分头隐入不同的角落，仿佛之前没有发生任何事情。再见面再谈起，眼神嘿嘿一笑，嘴角嘿嘿一笑，然后各自掉头转身去干各自的事情去了。

经行就是一道影子，跋涉就是一份心情。路途也罢，半空也好，把一路风景收揽，把一程的心情调适，再把一片大地野草款款留下，让八月继续沿着季节的方向奔跑。至于跑成什么样子，就看一脚踏下去的脚印能踏出什么。经行在秋风渐起的路途上，多半的脚印显得很轻。回头看一看，没留下什么痕迹，很多印记就被自己的身影抛掉。即便是踏折了一丛草、一丛花，过不了多久，山坡上的野草就会借着漫涌而起的秋霜把种种踩踏痕迹一一抹掉，也会把几个人一路留下的各种气味、各种欢笑悄悄包裹。经行过的很多地方，谁说的话都是一缕空气。没等缓过神，就让半空飘来的云、山谷吹来的风一掠而去。一路上，谁想奔跑谁就奔跑，谁想停留谁就停留。沿途的山坡不理这些，一路的野草不理这些，半空的流云不理这些，潺潺流淌的溪流也不理这些。谁都有自己的事儿，哪里有闲工夫管得了那么多身外事？

但凡是八月里的经行，总有不同理由让人四处闯荡，也有不同的事情让人静立守望。谁来谁留，已不再是最核心的事情。关键的，是看和谁在一起，又在做什么。从小暑到大暑，从立秋到处暑，大部分的溽热天气已经把人变成了不同模样，也把人推向不同的方向。再回头，能有几个八月让桂花飘香，又有几个八月让自己安详？

从贺兰山下来，我的声音变成石头，你的叮咛化成夕阳。之外，是一大片隐身背后的空荡。

2

入了秋，土地咕咕噜噜说了很多话。

它说的时候，风刮跑了一些，人带走了一些。处暑前后，地里的农活干得差不多了，人心里的懒散劲也涌得差不多了。没等玉米、向日葵长齐，一庄子人跑得远远地要去了，不是撂下活计跑上山坡看云层，就是脱去汗衫扑入池塘洗个澡，还有的不管不顾招呼一群人喝大酒。从春到夏的农忙季节，一庄子人不是弯腰勾身庄稼地里忙除草，就是蹲到果树底下掐枝打条防虫害。尤其是入伏后一个个热得发毒的大太阳，把裹得严严的女人晒得头发晕腿发软，也把包得紧紧的男人晒得脸发黑汗发黏。想想田地里收割麦子时的呛捂味儿，再捋捋顶着热浪满头大汗淌水除草侍弄西瓜西红柿的忙碌样儿，好多人家不等农活全干完，就着急忙慌瞅着空子往外走。伺候了大半年庄稼地，一些庄户人忙蒙了、晒晕了，猛一抬头发现大半年又过去了。看着西瓜扫秧、秋葵续长，是自己把自己陷入土地，还是土地把自己陷入土地？偏头看夕阳，日子是忙丢了，还是晃去了？谁也说不清，谁也道不明，就觉得日子伏在自己的脊背上，长在自己的肋骨间，流在自己的脸颊上。直到处暑来临，才发现季节说给土地的话，早让大地一口唾沫一个钉地长成了庄稼、野花野草。之前是麦子、玉米、向日葵，之后是苍耳、苜蓿、罗布麻、稗草、芦苇、狗尾巴草……入了秋，一株株平时不常见的野花野草趁人不备就从沟渠、田埂的土缝缝里冒出来，一点点、一寸寸、一丛丛地把空旷填满，把眼界填满，也把曾经走过的路填满。

从春分开始，庄户人就能听见土地说的话。先是犁耙播麦、种瓜种豆，让田地规规矩矩地按照时节的意思说了一地的麦子、玉米、红高粱，也努着嘴巴说了一山坡的胡麻、油菜和茴香。等到立夏后，土地说过的话变成一荡荡麦子、一行行玉米、一片片茴香。麦子碰见了麦子，玉米碰见了玉米，茴香碰见了茴香，一个个久别重逢般地说个没完没了。庄稼们边说边长，边长边说，一天天顶过了谷雨，越过了夏至，又赶到了立秋。中间，田野绿了，溪水流了，鸟儿叫了，白云飘了，将土地说给庄稼的话、庄稼说给天空的话，叽叽喳喳散落在季节流淌中，也欢唱在一路跋涉中，更从不同地方风传出不同的奇闻逸事。话说话，话赶话。一赶一传，有些话说着说着就变了方向，变了模样。站在山坡上的胡麻笑话山脚下的糜子撵不上来不顶事儿。躲在犄角旮旯的黄豆望着高处的玉米悄声细语想问个究竟。地势不同，长成不同庄稼的话就不同。有的兴高采烈，有的垂头丧气，有的蓬勃生机，有的低沉忧郁。一地的麦子早早把话说空了，就让人趁着大满时节的溽热拦腰割了。一地的玉米铆足了劲大声说话，趁着秋风噼噼啪啪说个不停，不是把七八月的村庄隐没，就是把对面山坡阻挡，或者把娃娃放学回家喊叫爹娘吃饭的声音吞没。玉米说过的话很长很辽阔，远远望去，像是季节说给土地的一连串话，说也说不完，推也推不走。那一刻，前后分散而居的庄户人家瞅着处暑时节的玉米地，静静坐在葡萄架下沐浴夕阳西下，一边听着沟渠边传来的蛙鸣声，一边望着喜鹊朝着初升月亮飞掠，再一边闻几缕肉香把口水咽下。

沉陷在土地的话音里，谁都觉得有滋有味，乐此不疲。毕竟，那些长在大地上的作物庄稼都是自己使出的劲、流下的汗变出来的。人虽然不说话，但是苦够了累够了，庄稼会表达。夏夜、秋晨，只要有点小风夜雨，一地的庄稼就忙不迭地叽叽喳喳劲长起来，尽情把头前干过的活、之后流下的汗一一说出，也一一用碧绿青翠的玉米叶、金黄灿烂的葵花头把庄户人的眼睛滋润。从清明到立夏，从小满到大满，从立秋到处暑，玉米说过的话就是土地说过的话。每说一句，就长出一节，一直长到十四、十五节时，玉米的花才能转弯转折。等到处暑前后，一大群的玉米突然静了下来相互定睛而视，慢慢悠悠地从腰间第七、第八节处长出两个玉米棒子，一上一下地把曾经说过的话截然分开，集中把说话的力气汇聚到玉米棒子上，让关键的话在关键的时节说出。直到玉米棒子熟了，一地的玉米才没了话说，土地才算消停下来。可是谁也没有想到的是，庄稼把话说完了，一大群的野花野草又叽叽喳喳地说了起来。它们从渠沟边、田埂上不约而同地冒出头来，高声地呼唤，使劲的喊叫，密密麻麻地把话堆成一堆、喊成一片。之前，它们的消失不是因为自己长不过庄稼，而是庄户人家不让它们长。谁说一句，谁多一嘴，庄户人就用锄头把它们锄去。现在，秋风来了，处暑来了，一地的麦子把话说完了，一坡的玉米把话说完了。趁着庄户人家歇息不注意的空档，野花野草们总算有了说话的机会。它们沐着晨露，晒着阳光，一团团、一簇簇、一丛丛地伸直了腰杆，开出了花朵，向着天空大声说话。它们一说话，让开出的花香飘向更远的地方，让裂散的花白羽毛飞落到更远的土地，也让一粒粒带刺的种子黏附在人们的裤腿衣角上，一路走向更远的远方。有风帮它们传话，有人帮它们捎话，一片又一片的野花野草让大地更宽阔、天空更空旷。

望着满山坡的野花野草，大地上的话还没有说完。而我，竟然说不出一句话。

白　露

1

昭苏天马朝天嘶鸣了几声，白露就来了。

沐着秋日晨光，沙希尔解开拴在木桩子上的马缰绳，拉着枣红马准备出门。解缰绳的那一刻，附在缰绳上的一层露水将他的手指湿透，也将横侧马颈一边的乌黑马鬃浸透。套好马鞍，束紧马镫，沙希尔跃身上马，扬鞭策马朝夏塔牧场奔去。夏塔牧场就在坡对面，哈萨克汉子沙希尔每天清晨都会骑马过去放牧。从毡房到夏塔，四蹄飞驰的枣红马已将从春到夏的日子嘶鸣成荡谷回响的熟悉，也将布满青草的山坡山谷呼啸成浩瀚无垠的苍穹。白露不期而至的清晨，驮着沙希尔的枣红马用飞奔的四蹄将草皮上的露水一一溅起，也将伏落在牧草上的秋光一一溅起。顺着马蹄飞踏过的草皮，一只只长着翼翅的黑蚁趁机抖落满身的晨露，狠命振翅飞行。它们逐渐抖干翅膀，成群结队地撵着马儿飞。飞驰的马顾不了这些，沙希尔也顾不了这些。他们一路飞驰，把风甩到背后，把黑蚁甩到背后，也把一大截的秋光甩到背后。

沿着夏塔河谷走，从春到夏的美好日子早早爬上了山坡，爬上了峰峦，爬上了巍巍屹立的莲花山冰川。望着夏塔河水，骑着马的沙希尔半露着的胳膊有些清凉。他与枣红马已经来来回回地把夏塔河谷走了个遍，也把白露前后的日子走了个遍。但他并不清楚哪一天是哪一个节气，也不明白哪一个节气到底有什么。沙希尔和夏塔河谷周围的花草树木一样，最熟悉平常日子里的冷与热、长和短、白与黑、饿与饱，却搞不清春夏秋冬的分界在哪里。在夏塔河谷，一年四季可长可短。一场风吹来，露出嫩芽的雪岭云杉就把春缓缓送来；一场雨下来，夏塔河潺潺流淌的雪山融水就把夏带来。等到半山坡的秋草蓦然蜷缩、悄然枯黄时，一个白露黏附的早晨就把秋送来。至于冬，就是一场突如其来的暴风雪封堵住的路。任由沙希尔们怎样地跋涉，怎样地转场，齐腰深的大雪总会把一冬的路途死死封堵。倾泻在夏塔的河流里、草坡上、山谷间，四季变得有些凝固，又有些撕扯，并不分明地流落在昭苏天马、草原雕、纵腹纹雕鸮的眼睛里，也晃晃悠悠地抹平在半空的流云里。

在夏塔，没有谁把日子掐得那么准，也没有谁把四季端详得那么细，更没有谁把走过的路说得那么难。有记忆的光阴里，多半的行走都活了个大概，也用大概的方式把很多事情晃走，把很多时光晃丢。就像一个陌生人问挤马奶的阿娜尔大娘多大了一样，一听年龄会吓一跳。阿娜尔大娘停下挤奶的手，抬头看看天空，再看看远处的草原，随口回答已经一百八十多岁了。阿娜尔大娘不知道自己有多大有多老，谁问她，她就看看天空看看草原顺口说一个数字：一百八十岁了。看着阿娜尔大娘，眼睛不花，耳朵不聋，还能抓着沙希尔的手给他安顿很多事儿很多活儿，怎么会有这么大的年龄?

谁都知道，这个年龄是个大概数。不管实岁还是大概，阿娜尔大娘的每一天都是高兴的。她拉过马坐在马后腿一侧脸贴马腿双手上下挤奶时，嘴里呢呢喃喃自语的表情是高兴的；看着有人来到毡房前咕噜咕噜说一些，她听懂听不懂都会微笑地把客人请进毡房、倒上马奶酒让喝的样子是幸福的。阿娜尔大娘不会因为刮风下雨就起了惆怅，也不会因为牛羊走丢就心生忧伤。山那么大，河那么长，一惆怅，高山会阴郁；一忧伤，夏塔会断流。望着辽阔起伏的大草原，阿娜尔大娘的每一天都是笑意盈盈的。一刮风，阿娜尔大娘朝着远远的山谷喊几声，一队马群就会循着她的喊声往回跑。一下雨，阿娜尔大娘朝风拍拍双手，几只小马驹子就欢欢快快地跑回来，齐齐把头伸进毡房门口任由阿娜尔大娘抚摸。一抚摸，白露后的马驹快速长大，并在逐渐金黄的草原上飞驰成另一个自己。

在夏塔，在昭苏，在喀拉峻，在那拉提，马是人的一部分，人是马的一部分。人和马，谁也离不开谁，谁也忘不掉谁。从处暑到白露，渐渐断乳的母马会因乳汁增多乳房肿胀，眼巴巴地央求主人用手挤去乳汁减轻疼痛。而人喝了马奶，就成了马的一个孩子。不论是大人，还是小孩，谁喝了马的奶，马就会把谁看成自己的孩子。在马的眼睛里，喝了马奶的人，要么是自己的小孩子，要么是大孩子，要么是老孩子。不管喝多喝少，只要喝了马的奶，马都会温情地守着对面的人，生怕哪个小孩子、大孩子、老孩子受苦受累，受惊受吓。马的眼里充满温情，马的天性里流淌亲情。在天山南北草原上的马群里，除了年幼无知的小马驹尥蹶子外，多数的马都会驮着人一路奔波行走，转场跋涉。哪怕道路坎坷，路途漫漫，马也不离不弃，驮人前行。这是马的本分，更是马的品性。谁让人之前喝了马的奶，马把人看成了自己的孩子呢？既是自己的孩子，马就义无反顾地伴随终生，无怨无悔。

沙希尔骑着枣红马守在夏塔河谷。在他的骨子里，胯下的马是他的双腿，是他的另一半生命。而他，是马的上半截身子，是马的另一双眼睛。之前的若干年，沙希尔的祖父骑着一匹枣红马赶着牛羊转场时，一场暴风雪封堵住了所有的路，连人带畜困在了山里。是那匹枣红马凭着一股子劲冒着风雪驮着老沙希尔、带着一群牛羊一步步走出困地，走到冬牧场，让一大家子的人和牛羊安全转场。那场暴风雪，让老沙希尔一家把枣红马看成家里的一员，待马如人，伺马如亲。待到枣红马终老倒下，一家人年年不忘马恩情，并供奉马头骨于毡房内，听从马在天语里的叮咛与安顿。

沙希尔提起这些时，年迈的阿娜尔大娘突然跪向马头，口中念念有词。在她心里，枣红马是沙希尔家族的保护神，是夏塔牧场的守护神。至今，阿娜尔时常站在毡房前朝远处望，总会看见一匹枣红马从遥远的半空跑回来，也能听见大地深处涌起的阵阵嘶鸣声。

马是昭苏马，人是哈萨克人。策马奔腾上天山，一人一马醉草原。

2

路过察布查尔，一半时光蜷缩成秋草，一半时光吹散成秋风。

半空里，一只草原雕趁着夕阳振翅盘旋，想在追捕一只鼠一只兔一只鸟的俯冲中，留下一道道可以铭记也可以流传的痕迹。站在山坡上，一群牛抖动着双耳、摇摆着尾巴，憨厚地驱逐飞舞的牛虻蚊蝇，不时把半面山坡哞晃。几群天马踏着轰隆隆的大地声音，从不同山坡沟谷奔驰而来，一遍遍地把夕阳抹红，也把秋草惊动。还有一群羊，静静卧在雪岭云杉下的毡房旁，不惊不惧地看着坡底下的影子来来往往。对于来来往往的身影，马不在意、牛不在意、羊不在意，草原雕也不在意。谁从它们的视野里掠过，无非是一道影子倏然而去。倒是长了翅膀的黑蚁成群结队飞扑而来，追逐着一道道影子四处乱跑。蜷缩在秋草夕阳之间，那些着急忙慌的影子迟迟早早会被隐没的秋光隐没，也会被盘旋的山路盘旋。

一匹昭苏天马站在一辆车上，迎着一路秋风沿山盘旋。早先，沙希尔骑着它从山谷奔向山坡。现在，沙希尔拉着它四处晃荡，去看更远的远方、更宽的草原、更多的同伴。它的乌黑鬃毛迎风飘扬着，眼睛也在风中半眯着。从一座山盘旋到另一座山，从一道岭盘旋到另一道岭，昭苏天马没有半点惊惧，相反持着一份矜持，把察布查尔沿途以及白石峰的高度一一抛落在身后。穿过一道道山岭时，沿途的牛抬头看了看它，沿途的羊抬头看了看它，沿途的草也抬头看了看它。看了一阵儿，又分别低头朝着自己的方向走了。时间让它们长大，也让它们放下。它们只能摸着来时的方向，让时光长成自己。它们不会计算时间的长久，却会沐着晨光夕阳把饿了一天的肚子吃饱，把一天的草原亲遍，再一天天地把孩子带好。在伊犁河谷，牛、马、羊的春夏秋冬散落起伏在漫山遍野的牧草里。哪片草绿了，就是春来了；哪条河涨水了，就是夏到了；半坡的牧草秆子硬了，叶子黄了，就是一场秋来了；至于冬天，一场暴风雪的降临足够铭记终生。看着一大片的时光痴迷散漫地晃荡在峰峦间、半山坡、草甸上，牛不说，马不说，羊不说，只是低着头颅，探出嘴唇，贴着地皮，一遍遍地卷食牧草。偶尔仰起头，忽闪忽闪眼睛，抖动抖动耳朵，摇晃摇晃尾巴，一个大概的季节就分散了。

想起一段天马行空的日子，时光是什么？是那些发黄的草，是那些长大的树，是那些高耸的山，是那些空旷的草场，是那些起伏辽阔、逐渐压埋住夕阳的哈萨克牧歌。

至于谁来丈量，谁来揣摩，就让沙希尔趁着黄昏骑着昭苏天马一路飞驰。

3

夜深了，森林掩住了路，也掩住了梦。

旁边，特克斯河淙淙流淌着，将夜空里的星光一一翻滚。漆黑夜里，草色看不见，神情看不见，只能闻见缕缕林间清寒。秋风顺着特克斯河两侧的森林斜斜吹来，轻轻的，盈盈的，把披纱的肌肤一点点浸润。此刻，特克斯化成了河谷，化成了森林，化成了草原，化成了夜色。沉睡在八卦城，每一个梦境慢慢长成石头、长出青草、长宽河流，哗哗啦啦地追着星光奔跑。偶尔睁开眼，几盏枯灯静静地散发着微光，将梦境之外的暗色一一驱逐，也将内心之外的杂乱一一驱逐。

没有谁轻轻想起，也没有谁轻轻呼唤。白天里，从簇的点地梅深情张望着天空，张望着云彩，没有丝毫的幽怨与哀愁。走了一路，沿途一一远去。每一次穿行，每一次亲临，都会让时光长成一丛丛的草，开出一朵朵的花，斜成一面面的坡。即便是不经意的重逢，也在许久不见的缄默中叫不出熟悉的姓名。望着特克斯逐渐枯黄的秋草，谁与谁携手，谁与谁奔腾，都在半途的问询间转身而去，只留下一串默念不偏不倚地将自己沉默。呼唤，似乎鼓不起多少勇气。再有多少的期待，也不过是回头一刻的抽泣。此刻，夜已经扑涌。随便一转身，看不清来来去去的面孔，看不清影影绰绰的背影，只看见渐渐远去的风尘。包裹在森林里的夜，一时半会儿拆不开天山的拥抱，也挣不脱特克斯河的牵拽。所有的来往都停了下来，找不出半点缝隙能让梦境醒来。趁着夜色，天山西部的草原重新起伏，试图在一片白露秋霜中把倒下的秋草扶起，把走丢的牛羊叫回，把驰骋的天马逐一转场。那些不曾谋面的云雨只要不落在梦里，就能借着黎明前的曦光，把特克斯的面孔全部看清，也能把我走过的路一一记住。

我想，梦里看见的八卦城终究会在特克斯河的流淌间，缓缓淡去我的记忆。但在下一个太阳升起的清晨，特克斯的姑娘会让我在跟随中把一草一木的行踪说清，也能把一路的追踪搞明。即便我们在后来的相逢中，默默发现彼此不再熟悉，也不再欢欣，我的梦也会沉沉实实地做在特克斯、留在特克斯。

特克斯，有我的一次呓梦与经行。

秋　分

1

白天奔波，黑夜行走，要走的路该有多长。

站在树下望秋风，天边的云彩轻轻飘，树上的黄叶悄悄落。不经意走过的路长满了草，不经意间身后的背影挂满了霜，只知道朝前走的路途不能随便走走停停，也不能随意东拐西晃，还得憋着一口气、挣着一股子劲，沿着既定的方向往前走。走在路上，哪怕把鞋磨破、把脚走烂、把腿走酸，也得继续沐着秋分寒露落满的气息朝前走。至于走到哪里、走到什么程度，只要心里不慌就行。可谁知道，这辈子走过的路不知走错了多少回，也不知走偏了多少次，等到腿脚走乏的时候，才发现一路的行走该流了多少泪，该误了多少行程，该流逝了多少没有把握好的时光。

往前走的路铺满了落叶，往回折的道长满了枯草。偏眼看一下夕阳，秋风开始一览无余地把大地金黄吹拂飘荡，也把晴空万里延伸拓展。几个人迎着秋风继续走，能听见枯叶飘落的声音，能看见根系呼唤的深情，也能嗅出半空里熟透的气息。但是谁也没有留意光阴的流逝，没有在意季节的枯黄，只是披上一件秋衣时，才想起该抓住的东西早已飘零，该珍惜的往事早已离析。秋分时节，故乡天下已经金黄遍野，一荡荡的稻谷、一片片的糜子、一塍塍的高粱纷纷垂下头，不忍秋风把它们深沉卷起，也不忍秋光把它们身影缩短。毕竟，看够了一季风景、一堆光阴、一串过往，该安心的会安心，该踏实的会踏实。

几只留守村庄的喜鹊知道，秋分一到，走出去的人迟迟早早会回来。枣子红了的时候，几个在外晃荡的人就动了回家的念头，想着早早结束手头的活计，回家帮着年迈的父母摘枣卖枣，顺便吃上几颗灵武长枣，好让牙齿间的咀嚼涌起往昔的味道，让眼睛看见幼时奔跑果园的身影。大青葡萄熟了的时候，几个在外奔波多年的人突然想起成串的葡萄，千里迢迢打电话让家门里的兄弟摘下一些寄来。还有一些不远不近的人拐弯抹角溜到村口直徘徊，抬脚望一眼已经长满野草的老宅，立身看一眼已经发黄的稻子，长叹一声原路返回。可在秋风里，人往哪里返，又往哪里去？静静停下来，朝远处看一看，一长串的秋风吹得两眼直流泪。走再远的路，没个惦记的人和事，走路的腿都会软，走着的心都会虚，走远的魂都会空。

缓缓神，看看天，半截子路没走完，雨就噼噼啪啪落下来，打得衰草折腰，打得村庄发抖，也打得季节不能回眸。

2

望枯了眼，视线也模糊。

走到贺兰山下，才发现经行过的日子已被秋风慢慢卷走，背负着的伤痕已被万里晴空擦洗而尽。想张口说些什么，却不料喉管没了声音，只好静静坐在秋风里，听一听树叶飘落的声音，看一看大雁回返的飞行，望一望贺兰山渐隐渐没的安宁。

一场秋风吹来，又一个季节过去。回望眼，很多足迹已被来来往往的风雨抹平，一任春夏秋长成一棵棵树、冒出一丛丛草、开出一朵朵花，把贺兰山的生息重新调动。往昔的事情多半不用说，新草一出来，过去的就过去了。至于季节与人有多大的关系，山上的树知道，草知道，石头知道，岩羊马鹿更知道。现在，山静静的，风静静的，心也静静的。抬头望一望，群山青黛，净空蔚蓝，只想坐在一棵灰榆树下听一听风的细语，摸一摸风的筋骨，把往事一一抛空。

脚下，几只硕大的黑蚁顺着岩石爬来奔去。即便是我的脚挡住了去路，它们也依然不折不扣地找着缝隙往过穿越。对于一只贺兰山黑蚁，一辈子能走的路程可能不远，顶多就是几块石头、几道山梁、几片丛林的行程。可真要越过这些，恐怕穷尽一生的努力也不一定走完。但是黑蚁们从来不曾放弃。它们迎着每一天的晨光清露加紧赶路，相互吆喝着从清晨走到黄昏，又从沟谷走向山坡。遇到高大壁立的巨石阻挡，几只领头的黑蚁东瞅瞅西望望，便寻着一个方向继续前行。有时遇到一场大雨，它们便分头躲进石缝，等着雨过天晴再出发。在贺兰山，没有黑蚁爬不过的石头，也没有黑蚁穿越不过的石缝，更没有黑蚁抵达不到的丛林。它们成群结队地穿过一道道石缝，经行过一株株野草，跋涉过一条条沟谷，把一块块石头、一座座山峰远远抛在身后，也把一场场风、一个个时节抛在身后。中间，它们停歇在一棵灰榆树下，和我一样静静坐在一块大石头上，听听风、看看云、晒晒太阳，然后望着远方出神。

一只黑蚁能够静下来，一群黑蚁就能静下来。一静下来，一座山也跟着静下来。我们静静守在一起，彼此对视又各自远望，总能在秋风渐起的山峦里看见彼此走过的路程。只是，一只黑蚁走过的路，黑蚁能记住，而我走过的路，大多已忘记。黑蚁走过的路，能够沿途撒满触角伸展的气息，而我走过的路，一天天被丛丛长起的野草树木层层封堵。即便留下一点痕迹，也会被一场又一场的风慢慢吹去。

我走了多远，我不知道。

望着峰峦起伏的贺兰山，黑蚁向着远处重新启程。我跟在它们后面，任由路途恣意延伸。

3

对土地的熟悉，从庄稼开始。

玉米脱手的一瞬间，抛掷在空中的曲线能把土地积攒的气息飘起，也能把满心的欢喜荡漾。掰一个棒子顺手一甩，指尖沾满季节的金黄，掌心渗出股股热流，连站立在玉米地里的腰板也挺直了。

进入秋季，天渐渐凉了下来，完成了一季使命的庄稼纷纷收起昂扬的气息，垂下穗头、闭上眼睛，静静接受秋日阳光缕缕照射滋养。从一棵棵枯了叶子的玉米秆上把玉米棒子掰下来，顺手再扔到身后的玉米堆上，一个季节的生长行程就告一段落了。玉米一收获，九月的田野重新露出平坦，也在撤出半房高的青纱帐后露出村庄最初的全貌。从春分到清明，从谷雨到芒种，从大暑到处暑，每一株庄稼都会迎着阳光拔节劲长。所有的庄稼都是大地的孩子，也是太阳的孩子。从种下籽种的那一天起，小麦、玉米、高粱、谷子、糜子、向日葵天天迎着阳光朝上长，也用不断长高的身影把大地一寸寸隐藏，把村庄隐藏，把半空隐藏。从平原长到高原，从草原长到高山，庄稼们沐着晨光夕阳一路奔波，翻过一个又一个的梦，越过一个又一个的暗夜，一点一滴地抽穗结粒、劲长饱满，慢慢熟悉沿途的风景，也在相互对视间，把彼此的神情一路熟悉，把彼此的气息一路熟悉。直到秋风吹起时，一只只粗壮的手拦腰掰下一个个玉米棒子、一把把饱满的水稻、一棵棵猩红的高粱，遍布田野的深沉熟悉才算休止停顿、颗粒归仓，成为一个季节应有的难忘记忆。

那一刻，另一种熟悉仍然继续。大雁冒着黄昏露气振翅赶路，牵牛花顺着一寸秋光继续攀爬，而枯黄的玉米相继被割倒。一割倒，一个季节的墙就被推倒。在我眼里，几种交汇错落的熟悉不是在飞掠，就是被横扫。而我，不想看见过去，只想把当下寸寸珍惜。

4

天渐渐凉了。

一条条黑黄相间的毛毛虫吃光了叶片，缓缓蠕动身躯从灰榆枝条上往下爬，或者借着一道丝线落到地上，准备下树冬眠了。它们痛快地从春到夏，把一棵棵灰榆的叶片吃了又吃、啃了又啃、玩了又玩，又在枝条间完成了几世代的虫卵相传、子孙繁衍，才在秋意渐浓、秋风渐起的日子里打了个哆嗦，极不情愿地爬下了树。

叫作榆斑蛾的毛毛虫寄生灰榆很多年，也遍布贺兰山沟谷斜坡很多年。它们寄生灰榆，在春生秋长的叶片间咀嚼时光，惯看山风，用一副悠游自在斜睨贺兰山。它们把树当成乐园，把叶当成领地，纵情啃嚼，不舍昼夜。谁能知道，大大小小、高高低低的灰榆该忍了多少年的痛，受了多少年的罪，才挣扎着用二次发芽的力量穿过九月的凋零继续生长。长在旁边的蒙古扁桃知道灰榆的苦，守在树下的针茅明白灰榆的疼，就连撑着树根的石块石缝也深晓灰榆的不易。

斜立山坡的灰榆真不容易。几十年，几百年，与酷暑严寒相抗衡的灰榆用尽全身力气挣扎生长，也没有长得有多粗有多壮。它弱弱的、灰灰的，借着石头缝里伸展错落的红色根系，一丁一点儿地寻觅水源、寻觅养分，以便让自己的身影嵌入贺兰山。可现在，爬到枝头躺在叶片里的榆斑蛾趁着秋风继续啃嚼，让灰榆在失去光合作用的虚弱里艰难生存。灰榆无语，忍着巨大疼痛，积攒一两根根系汲取的勉强力气，撑着微枝细叶二次复绿。哪怕是深秋最后几抹芽儿，也能让灰榆看见来年开春继续枯枝发芽的希望。

只需一丝的绿芽，灰榆就能涌来又一个春天，让贺兰山继续横亘。

寒　露

寒露一过，秋天就算结束了。

北方漫长的冬季沿着呼啸的西北风重新启程。从贺兰山一侧翻越过来的云层，一重又一重地包裹着凝重的神情。秋冬之际，收获与深藏的曲调夹杂在风雪的注解里，开始在骤降的温度里呈现另一种色彩。

饭是要吃的，话是要说的，当然，有些事情还是要做的。乜一个眼神，抻一下衣襟，都得有个姿态。不管现实有多温情、有多残酷，所有的生活故事在云层面前，都不过是一段散曲，听着听着就没了。一场风吹来，贺兰山断断续续的山峦慢腾腾地折皱季节的记忆。不过，再折皱的记忆也要顶住腰酸腿疼的奔波疲惫继续朝前，这是每一个生命必须完成的任务。错过的季节不会重来，留下的遗憾也不需要叹息。翻过寒露，就要做好越冬的准备，再猛烈的风、再刺骨的雪，也要迎着向前，寻找这个季节本有的天空。就像一匹马，踏着覆满冰雪的大地，也要继续寻觅草原深处最后的食物；就像一只鹰，逆风而翔，也要继续寻觅下一个目标。

进入冬季，空气在凝涩中露出雾白，岩羊在抖瑟中失去机警。

没了绿色的雕饰，山脉、河流、草原都露出真实朴素的面容，让偶露的阳光直戳戳地横扫大地每一处角落。一切有关的想象开始被寒冷凝滞，并将干秃秃的荒凉单薄变成一览无余的空旷。北方即将进入漫长的冬天，季节的界线突然变得十分明显。最敏感的是温度的升降异常显著地影响着人与大地的关系。如果没有好的选择，蜷缩或者远离都可以延伸一个季节的长度。钻到冰层泥土里的鱼儿是静止不动的，冬天对它的生命影响几乎很小，也没什么铭记。能有记忆的多半在地上。仍然需要活动的牛马羊群平淡无奇地继续生命的流程，在寒冷冰封的日子里继续拓展生存的领地。它们张望冬季的单调，吸吮寒意阵阵的冷风，并用皮毛阻挡住一次又一次的寒风吹拂。在冬季，御寒是动物们最重要的事情。如果没有能力找到一处避寒的地方，或者没有办法寻到一种适应季节的方法，这些生灵会被失去色彩的冬季冻死。求生的本能让动物们的体格结构发生根本性的变化，也在肌体内部形成一种特殊密码。不论是识别，还是嗅觉，但凡有一点风吹草动，它们都会警觉地竖起耳朵、抬起头颅，并以最快的速度从刚刚停留的地方奔跑到另一个不为人知的地方。

偶露的阳光是冬季最珍贵的生命源泉。炊烟升起时，一天的希望又在牛羊马驴的眼睛里激荡。甩甩喷鼻，嘶鸣几句，一天的底气便有了。可能是从不挑食的缘故，牛羊马驴只要给点干草就能填饱肚子。它们的嘴唇是为胃长的。草粗草细不在乎，料多料少不在乎，只要能吃饱肚子，它们就心满意足了。乘着冬日阳光，享受暂时的温暖成了北方草原上一切生灵的选择。它们远远近近地溜达着，用鼻息之间的嗅觉互致问候、互通信息，也借此交流心灵。虽然它们没有明显的语言天赋，但借着特殊的嗅觉、味觉、视觉、知觉，它们之间可以神态自如地萌发一致的行为。进或退，走或跑，只要有一丝的警觉，它们就能集体性地作出迅速快捷的反应。哪棵树、哪株草、哪块石、哪片水能否有着意外的收获，它们的蹄痕就能延伸到哪里。哪片林、哪块草、哪道沟、哪面坡是否有着特殊的凶险，它们的身影就能快速地逃离现场。警觉的动物面对大自然的时候，会对不同情境下的特殊情况产生敏感的反应。譬如山脚下一群低头啃噬枯草冰雪的野马，远远地就能从鼻息间嗅到隐藏在扁桃丛间的山泉。它们顺着冰雪起伏的痕迹，在一串串风吹过的雪圈交错中找到泉水流淌的踪迹，自然就能摸着走到泉口，轻快畅饮冬季最甘甜的泉水。与野马一样，岩羊、麋鹿、狍子、狐狸也一样能找到这些暗藏在山脚下的山泉，在最饥渴的时候，跑过来喝几口泉水，是它们最幸福优美的时刻了。

长期的食物链中断，已使草原上游牧的牲口和隐藏在贺兰山间的野生动物没了天敌降临的恐惧。缺乏食物链最凶猛动物最高统治领地的威胁，牛羊马驴以及野马、岩羊、麋鹿、狍子之类的温顺动物开始相安无事地繁衍生息。它们中的一些新生力量再也不会像以往一样出现大面积的减员，除非有意外的狩猎或者误食某种野花野果野草中毒，它们中的大多数不会出现家族成员不必要的伤亡。这种情况出现的概率越来越微乎其微了，这使得不断庞大的野生动物群体开始不惧于人群的走近和抚摸。动物和人一样，都有着天生的拒绝陌生的本能。而陌生源于彼此假想中的威胁。假想凶猛的白虎、雪豹、苍狼的猎捕，弱小的草食动物们会在骨子里感到牙齿锁喉的疼痛，更能在微妙的警觉间感到惊恐。

不过，现在变了。真正有威胁的高级动物越来越少，动物种群规模、结构在不经意间发生了显著变化。尤其是顶层动物的缺席，让一大批奔波于山崖峭壁、戈壁草原的食草动物觉得自己就是一座山、一片林、一块地的主人。贺兰山各条沟谷里常有岩羊在活动。即使有几个人从中间穿过，它们顶多抬头看看，然后没有任何感觉地继续低头觅食。野马就站在三关口公路两侧，车来车往的情况已经成为这群马最熟悉的场景。它们不再担心有谁来侵害它们的生存，更不会担心人从车里走出，拿它们干什么。相反，它们会觉得这群陌生人还会给它们带来些什么意外的好事。食物链之间的故事本来充满凶险与挑战，但现在已经相安无事成动物们的惯性与从容。你吃你的，我吃我的。你玩你的，我玩我的。各不相扰，各不惊慌，自取各的舒适与安逸。唯一有些不足的是，季节变更带来的食物链供给，时常考验着各种动物的种群生存与延续。尤其在冬季，寒冷的天气已经让万物萧条、万物枯萎。青草伏地，溪水断流、湖泊结冰，能顺口吃的、喝的东西越来越少，也越来越难以获得。绝大多数时间，只能耐着性子，忍着痛苦，逮住什么就吃什么，逮住什么就喝什么。哪怕是最扎嘴的酸枣刺、芨芨草，也要硬生生地咀嚼干咬，忍着喉咙难咽的痛苦往下吞。对于人来说，冬天是享受的季节。因为人掌握了收获、加工、储备、保鲜各种食物的多种能力，而动物们只能沿着原来的食物方式维持生命。好在，天敌已少，草原、森林、山脉、湖泊都成了它们最理想的生活天地，再也不用长途跋涉奔波到另外一个地方去找吃的，也不用为了逃避天敌而销声匿迹。

寒露过后，冬季如约而来。远望贺兰山，夕阳倾下最后一缕光辉，将黄昏的影子从山头拉到戈壁滩上。远处飘散的云，逐渐撑开山峦的起伏，红彤彤地延伸大地的风景。此刻，山脚下的毡房袅袅升起悠扬舒缓的马头琴曲调，丝丝缕缕陪伴一群人缓慢度过即将寒冷的季节。

牵来一匹马，跃身而上，再寒冷的冬季也有温暖的一刻。

霜 降

1

黄昏时，雨落了下来。

一个人站在山坡上张望，就像一只蚂蚁站在路中间观瞧一样，都在寻思下一步的路朝哪里走，下一个季节到哪里停留。秋风早已吹透神经，寒露也加重枯黄，挟着寒风苦雨到来的霜降，更会让枝条间的叶片加速枯黄凋落。没看见谁的手从哪里伸来，只觉得后背突然被狠狠抽打，又觉得呼吸被谁钳扼窒息。左右望一望，前后看一看，除了冷风吹拂的空旷，便是漫无边际的沉静。

霜降日，多半的树叶子落光了，南来北往的问讯也断了，很多欢喜的神情开始大幅度消退。望着越飞越远的鸟儿，满眼的枯黄逐渐模糊，也化成无关紧要的告别。我在想，路走远了，是否梦也走远了？那些渐行渐远的背影，那些渐落渐稀的叶片，那些渐走渐散的蚁群，或多或少地会把不同的梦丢在季节里，让一路的奔波长成自己也不认识的枯草，落成自己也不熟悉的败叶。至于哪些是自己的真实，哪些是自己的舍弃，也顶多是一群蚂蚁冒雨前行开过的玩笑。它们没有多少寻思，只觉得能走下去就继续走。毕竟，它们穷其一生能闯荡的广阔天地也不过是眼睛看见的地方。至于更辽远更宽广的世界,只能凭云彩间的想象和细雨间的迷蒙来安慰了。而对一个人,能否和蚂蚁一样自由自在地闯荡，那就是另外一回事了。

黄昏很快就被细雨淋漓成夜晚，大片的暗色重新压覆白昼，只留下一串串奔跑在河湖湿地之上的流光溢彩演替着秋霜里的变幻。之外，蚁群的奔跑看不见，一个人的独思看不见，只有一行淡淡清泪蓦然滴落季节最后的温暖。

我猜想，余下的梦可能会被一座山记住、被一群蚂蚁记住，但不一定被经行的过去记住。

毕竟，大部分的身影已悄然转身。

2

月亮落在头顶，静静的、淡淡的、清清寒寒的，像是端详，又像是抚摸，把心头藏着的东西腾了出来。

有月光的秋夜里，许多想说的话得自己往出喊。不喊，树会睡着，草会睡着，花会睡着，梦也会睡着。不喊，没有谁能从后面跑来，也没有哪个身影在眼前出现。秋风已经吹来了，寒露也早早地降临，又一个霜降日开始大面积地铺张。悄然转了个身，一些熟悉的面孔竟然在月光里变得模糊。如果不喊，那些长在神经里的意志会被秋雨打落，那些落在秋叶里的光阴会被寒霜凋零。所以得喊，得把有些准备悄然离去的叶子喊住，让它稍微停留一段时间再落。也得把有些没走完的路喊住,让脚板踏过的痕迹不被枯草衰杨封住。若不然,有些叶子悄悄落了，会让心里想说的话无处倾诉，也会把忍了许久的隐痛伏落成秋风翻卷的尘土。

朝夜空喊一声，月亮会轻轻抖落一些清霜，把晃荡的视野轻轻游移一些。月光游移过的地方，树影子如同碎花布一样沾满清寒的气息。即便是缓缓的游移，也能让夜半里准备飘落的枯黄叶片看见自己朝回奔走的行程。它们已经从春到夏地把日子朝前推了又推，也把天空伸展的梦境拓了又拓。现在，趁着股股清寒，一片片枯黄叶片瞅准自己的方向往下落，轻轻的、软软的、扑簌簌的。所有的落叶都知道，没有谁愿意误过自己的行程，也没有谁轻易拉长自己的神经。除非隐在一处没有光明的角落，没有谁愿意把自己丢弃。都想抓住一季的光阴，光光明明、亮亮堂堂地过好每一天、走好每条路，也想瓷瓷实实、明明白白地做好每件事、度好每一生。但凡是骨子里倔强追逐的，只要有一点儿光亮就能涌起一长串的希望和力量。草会这样想，树会这样做，春来秋去的鸟儿们也会这样经营。不然，随时而来的苍老不经意就把沿途的日子悄悄遗忘。

朝天喊了几声，没有哪个喊出去的声音会原路返回。毕竟是秋夜，估计几个喊出去的声音不是被缕缕清寒月光粘住悬在半空，就是被浓郁秋霜黏附，重重抛落在谁也找不着的地方。稍微有些力气的喊声可能跑得远一些，但迟早也会被四处涌来的霜降沾落到地上，然后让奔来驰去的车轮碾压得无影无踪。喊出去的声音也不会被谁捡着。再重的声音一旦落到地上，就没人愿意把它拾起。拾它干什么呢？又不认识，又没多大意思，捡着了还嫌耳朵重。好多人早早跑回屋子，把自己关在里面不出去。白天里，已经有很多声音闯进耳朵里，把耳根子压得沉重发痛。到了半夜，再有几声喊声压过来，会让耳根子更痛更沉重。拾一些落在地上的喊声干什么呢？

但是，一些睡不着的狗却迎着喊声奔了去。它们朝天叫着，不是用嘴把喊声接住，就是用狂吠把喊声再次抛起。它们觉得飘落下来的喊声很有意思，沙沙哑哑的、余音袅袅的，像是后山那头抛过来的问候，又像是前洼沟谷里的人家炊烟升起的清香。只要一接住，就能接住一股温暖、一缕气息、一阵亲昵。再之后，它们也学着用狂吠的方式把喊声抛起，让后山那一头的人知道自己心里到底有个谁。两头子一起吠，最后落下来的喊声就推开月光悄悄落成了霜，然后让头顶上的月光落下扑簌簌的泪。

坐在一处浸满秋霜的土坯上，抬头望望月光、看看树影，忽然觉得光阴不想推着我流逝，我也不想推着光阴再流逝。因为一场秋寒，让我成了一滴秋霜。

3

霜降的时候，我没有把自己摁倒，却让一场梦把我摁倒。

等我醒来，全身沾满了泥土，四周的梦境消散而去。伸手是空的，起身是虚的，抬脚走一步路也是坑坑洼洼的。想倚一个人，早已闪遁而去，想扶一个梦，连影子都抓不着。低头是悻悻，抬头是叹息，一路的奔波顷刻间飘成了梦，变成自己也没法子翻腾的寒冷。

秋风早已刮了一场又一场，寒露早已降了一回又一回。接下来的霜降还得一遍又一遍地撕扯北风。不管走向哪里，随处飘零的落叶会让日子空旷，也会让梦境枯黄。等到梦醒时，天色大亮又该拉起身影冒着清寒四处奔跑，擦去清泪鼓起勇气走向另一个方向。身旁不再有山高水长，也不再有呢喃守望，仅剩的一点儿力气不是被一场秋风吹散，就是被无形的寒霜浸透。迈步朝前走，很多过往一点点遗忘，任由凋零的叶片将远去的身影扑簌流淌。

一场场梦里，我的身影变得摇摇晃晃，我的脚步变得踉踉跄跄。长在梦里的草开始被霜降打得七零八落，飞在梦里的鸟也早早迁徙飞光。睁开眼，剩下的身影孤单枯涩，逐渐在秋风里化成无边空旷。之前做过的梦，有些软软的、有些虚虚的、有些怪怪的。偶尔，有股子困厄让自己窒息，想调转个身子换个姿势，也躲不开梦的扑涌。大梦小梦，长梦短梦，一个个伏在身子上，像是一只鸟筑了一个巢，又像是一个人借了一夜的宿，瓷瓷实实、大大方方地纠来缠去，直到天光大亮时，才一一消隐而去，让苏醒的神经有些轻松。

我没有躲开一场梦，也没有躲开一场秋风。梦来的时候，我正睡得香甜，嘴角间还吐着泡泡。我不知道是梦闯进了我的世界，还是我闯进了梦的世界。我也不知道梦闯进来的那一刻是白天还是暗夜，是开春还是晚秋。我只知道一场梦的光临能让我舒展神经、捋直意识、挺直精神。梦里的每一个场景转换如同故事般跌宕起伏，不是大河上下，就是潺潺溪流；不是狂风大作，就是细雨蒙蒙；不是万紫千红，就是秋风萧瑟……在大片可以归纳的梦境里，我的沉睡要么粗壮，要么纤细，时不时地被种种力气摁倒，也时不时深陷种种梦境之中。在一些可以记起的梦境里，我看见自己缓缓从数亿年的泥河中站起，把亿万年来的光阴矗立成一座座山脉，也把一路走过的痕迹流淌成一条条河流。渐渐地，经行过的身影慢慢长成森林、铺成草原、凝成冰川，还把一路流下的汗水化成一只只虎豹熊罴、牛马驴羊，甚至把一场场风收揽成谁也意想不到的春夏秋冬。

梦里的路很长，也很久远，仿佛一场没有尽头的跋涉，任你怎样走，都走不到彼岸。尽管无数个晨起昏落中断梦境，但一旦接续下来，梦的路途就会重新启程，让自己一路颠簸地朝前走。一直走到下一个黄昏时，才算停歇下来。我不知道自己在梦中要走的路到底有多长有多久，但在心里，一场梦已经完完全全地左右了我的意志，让我在一路的摸黑里，摸着了筋骨、摸着了神经。有时，我觉得自己总是拎着一个灵魂一路小跑地朝前奔波，偶尔停下脚步，左瞅瞅右瞧瞧，看看后面跟来的梦到底长成什么样儿，也掂量掂量手里拎着的灵魂到底有多重。我心想，我能把一路的梦，长成山、流成河，就能掂量出一个灵魂的重量。我试图用不同的方式去解开这个答案，便把自己沉沉地放入梦里，一路经风历雨，跋山涉水。但越梦，越觉得沉重。腿脚沉沉的，心里沉沉的，手里拎着的灵魂也沉沉的。有时候，我觉得浑身沉重无比，已明显不是我在拎一个灵魂行走，而是灵魂拎着我一路奔跑。在那些个摇摇晃晃的梦境里，我被灵魂拽得有些四肢无力，但还得起身奔跑，把一路的行李收拾好、打点好，然后佯装无事地跑在人群后面，把秋风寒霜涂抹成一览无余的空旷。

我把梦做得太沉了。

立　冬

1

前脚我刚走，后脚风就来了。

风是盯着我的身影一路尾随而来的。我走哪儿，它们就跟到哪儿。我前脚走，它们后脚就跟了来。我走慢一点儿，它们就微微地刮一刮。我要是抬步奔跑，它们就跟在后面狂风大作。春天里，我轻轻走过一片庄稼地，身后随来的风朝田野里一吹，满地的庄稼就冒出了青苗。夏日里，我起早贪黑地奔波在山川里，隐在身后的狂风四处闯荡，把好端端的一片高原划拉成断裂纵横的沟壑峁梁。很多次，我不忍心前行，生怕后面的风把我走过的路一一撕扯踏平，让我回头都找不到自己的身影。

我曾经望着断裂的高原沟壑，心里不是个滋味，就想找棵树停下来缓一缓。一缓，天晴了，山清了，水秀了，就连天上的白云也舒展了。我知道，有时路途跑得太快太远，风会跟在后面吹得白云又累又乏。风才不管什么呢。它们有的是时间，有的是耐心，有的是力气。它们跟着我跑，肯定也盼着有一天能趁机歇缓歇缓，不然，云也跑乏了，风也跑乏了，树也跑乏了，后面的路就跟不上了。

每一天我都在走。走了很多地方，也见了很多人。后面跟来的风很识趣，静静隐在我的周围东看看西瞧瞧，还不时地听我与遇见的人聊天说话，让一路的心情欢声笑语。当然，也有一些风跟得太紧，等我停下脚步缓一缓的时候，它们根本刹不住脚步，狂猛地把风吹到人身上，把遇见的人刮得灰头土脸，也刮得踉踉跄跄。几个站在路边的人一见风来了，掉头就往回跑，边跑边怪嗔：都什么人嘛，一来还带着风！人跑光了的时候，我就孤零零地站在路中间，前走也不是，后退也不是。没人给我说说前面情况，也没人给我指明前面的路向，我不知道朝哪儿走，也不知道怎么走。回头狠狠乜了风几眼：以后慢点跟。然后拎起行囊继续朝前走。至于走到哪儿，再说。跟在后面的风明白我的意思，也知道我一路行走的不容易，就不紧不慢地跟在身后，像是一件披风，拉长着我的身影，也拉长着我的行踪。有时想，没了人相陪相伴，有风跟随也行。与风说说话、唠唠家常，让它们静静聆听我的故事，一寸寸把我走过的路深深铭记，也一寸寸把我留在路上的笑声捡回。不管怎么样，能有风陪着，一辈子也幸福。

走过村庄时，有几个人觉得我行踪诡异，总是站在路边的墙脚下叽叽咕咕地说着什么。等我看见了，他们不说了。我一转身，他们又低声细语地嘀咕。有股风听见他们说过的话，就悄悄跟了过来附在我的耳旁把话翻了一遍。我听了，微微笑一下，觉得很多时候的改变都是闲话逗出的祸。不过，闲人有闲嘴，自己没故事，不说别人的故事又有什么意思呢？几个人要么说我屁股后面有魂跟着，要么说我身上沾着说不清的魔怔。二道沟的赵贵福说我走路怪得很，人来时阳光灿烂，欢笑声声；人一离开，莫名其妙的风就刮起来。他家住在毛乌素，曾经有风没完没了地刮。从小他就不喜欢风。从他睁眼看人的样子，就知道他怕风。风里有沙尘，也有很多秘密。看他看了几十年，风给他的最大礼物是沙眼。某一天要是刮起风，赵贵福的眼睛就流泪。他不想流泪。在他大半辈子的流泪里，除了一场又一场的风带来的沙尘，还有一段又一段难以启齿的揪心事。人一辈子遇上的事情太多太多。遇了几个女人，生养几个娃娃，滋生几段没头没脑的纠纷官司，到头来，不是鸡飞狗跳，就是鸡飞蛋打，只让心里留下一行行泪、丢下一寸寸伤、结下一块块疤。风一起，刮得满眼是泪，分不清哪些是风刮出的泪，哪些是自己流出来的泪。一流泪，心里翻江倒海扑腾出无数的感慨叹息。

谁一辈子不经点儿事？谁又一辈子不流点儿泪？

站在风里，揩掉几滴泪水继续走，什么都变得模糊。赵贵福不想过这种日子，也不想遇见这些风。而我每一次走来，后面都有风跟随，一不小心就把赵贵福的眼泪给勾了出来，也让他对风有些反感。可有什么办法？都这么多年了，风都成了我的尾巴了，我怎么能轻易不让风跟来呢？除非我不出门，或者不抬脚静静地站在一个地方不出声。可我办不到啊。我有我的路要走，我有我的话要说，我有我的事要干，不然，我一路奔波图什么？

望望赵贵福，我突然想起：为什么不绕着他们走过去？既然他们那么怕风，那我就带着风从他们的侧面绕过去，既不重逢他们，也不打扰他们，还听不到那些让人觉得没劲的闲言碎语。

对，带着风绕过去。

2

风有十条路，九条人不知。

整整一夜的狂风把贺兰山刮得直呼啸，也把腾格里沙漠刮得直翻腾。那些抽得枝条阵阵发疼的呲呲声音，那些挤进窗户稍微歇缓的细细黄沙，那些撞碎梦境冻透筋骨的股股寒风，足以轰倒一座山孤苦伶仃的神经。

夜很长，长得没有谁能有办法把它拉住，也没有谁能有办法把它摆脱。整整一夜的风像是一群脱了缰的野马，成群结队地踏着贺兰山的峰峦往过冲。它们踏得贺兰山轰轰隆隆，踏得山梁沟谷嘎嘣嘎嘣，也踏得立冬前后的戈壁旷野遍遍生疼。惊醒在夜里，暗色蒙蔽了眼睛。侧耳倾听，冬风一阵一阵。有扑面猛冲的，有歇缓调整的，也有偷偷爬起试图找个缝隙钻进的。用手挡不住风，用嘴骂不退风，用来回徘徊的腿脚踢不走风，只能蜷缩在夜的一角任凭暗夜风吹。深色的风声里，看不出风从哪里来，又到哪里去。只知道初冬迷路的风会把一夜一夜的暗色掀翻，也能把埋没在深夜里的梦境扯断。那些没有来路的风不会无缘无故地刮过来，只会在腿脚沉重的时候挥泪前行。它们能走到哪儿，已不是重要的事儿。顶顶重要的是，它们得找一条路奋力攀爬，继续前行，携着前后左右的同伴越过寒冬，把一路的经行走得从从容容。

风不停地刮，夜不停地喊。听着生硬而呼啸的风声，估计山那边的风已经等了很长时间。它们从霜降起，就从巴丹吉林出发试着积蓄起来往过冲。左蹬蹬，右冲冲，先是掠过沙漠揪起一些梭梭往过冲，再是闯进胡杨林揪下一片片枯黄落叶往过越，之后穿行阿拉善抵达贺兰山下。站在贺兰山下，风回头看了看，后面跟来更猛的风。一大片的风挤到一处，抬头丈量丈量山的高度，想着怎样翻过去。一股风试着踩过松树林翻过去，结果被敖包圪垯面前的壁立山峰堵住去路，齐齐跌落进黑幽浓重的云杉林深处。一遍又一遍，一波又一波，几股风冲了又冲没翻过，只好等着后面更硬的风一起过来再冲锋。后面跟来的风越来越浓、越来越重，逐渐聚拢成又高又大的风团。趁着立冬夜，风再度集结攀爬，用一股强劲的后推力把风团托起，然后一股风拉拽另一股风，前前后后地呼啸攀爬过贺兰山，云水一般分成几路兵马沿着苏峪口、贺兰口、插旗口横冲直撞而去。

翻越过贺兰山，再黑的夜也挡不住风的去路，再大的石也抵不过风的暴戾，再傲慢的灰榆也挺不住风的咆哮。所有的风趁着夜漫涌俯冲，把戈壁吹散，把枯草吹断，把河流吹扁，更把一个又一个的梦境吹碎。

等到天亮时，所有的风早已呼啸而去，只留下一棵棵干瘦疏枝的树木挂着几片残留的叶片孤苦喘息。

风去了，没有留下声音，却把一夜的胡话落成了风沙。

3

醒来，便是幸福。

朝外看了看，这个冬天的雪还没有下，几片肥硕圆润的叶子还能在泡桐树上继续挂着。我猜想，这些枯黄还不想飘落的叶子，大概是在等待一场雪的降临。年年岁岁的寒冬时节，总有一大批胡杨、白杨、垂柳、国槐、海棠、丁香、泡桐、金叶榆不想轻易放弃一个季节经行的路程，更不想随便丢下自己拥抱一个季节的深沉眷恋。或许在一场寒风暴雪降临后，它们才能无奈松开留恋的手，把自己忍耐了许久的心情化成雪白，从此不再惦记一个季节曾经的拥有。

推开屋门朝出走，一只喜鹊跟着我一路飞行。它从一棵树飞落到另一棵树，又从一道墙飞落到另一道墙，前前后后把我送了一程又一程。直到一个岔路口将陪伴的任务交给另一只喜鹊时，才看着我越走越远的身影，折返朝回飞。看着喜鹊，我知道：走再远，飞再久，都得有一处安放灵魂的落脚地方。落下了脚，心会安，情会满，头顶的阳光会灿烂。否则，一只喜鹊不会跟随，一场冬风不陪伴，一片叶子也不会飘零。

阳光继续升起。几片零星叶子还在顽强地迎风硬挺。它们耐住最后的性子，继续保持昂扬的姿态，用力抵御寒风的撕扯，也尽力把告别的时间一拖再拖。一棵树明白，掉下来的叶子再也回不去，丢掉了的日子捡不回。对于残挂在枝头的枯叶，沉淀在心里的，永远难改变；执着在意志里的，终究会坚挺。哪怕面对一连串的疼痛撕扯，也要坚强。一片叶子如此，一棵树如此，一群喜鹊如此。

冬天又来了，行走的路途依旧漫长。一场场寒风迟早要来，一次次选择也迟早要作出决断。一年到头，我们曾经误过很多事，也曾误过很多人，更误过很多不该丢失的光阴。一场冬风刮来，我们才反省：好多事情泡了汤，更变了形。到头来也不知道自己究竟干了什么，说了什么。而在一路的行走中，我们走东闯西，还是原路返回，都得有一个明确信息。或许，我们在岁月面前许久不想说话，也不想再把过去回味。不是因为没有话，而是因为说不出口。说什么呢？说什么都没有意义，只想平平静静抚摸过去，看看现在，望望未来。那一刻，几只喜鹊依旧陪伴在我左右。望着它们，我的心莫名有些疼。一个又一个季节过去了，我没伏摁住自己的命运，却被一个个季节把自己伏摁。而在一个人的行走中，谁能陪伴一路行，谁又能回头再相逢。几只喜鹊相依相伴，它们知道自己的命运，更明白自己的使命。它们从一个树梢飞到另一个树梢，从一座村庄飞到另一个村庄，始终明白真心相守是一辈子的幸福。春夏秋冬，寒暑易节，喜鹊用自己的双翅丈量过每一寸熟悉的地方，也用鼻息收藏过每一寸土地涌起的气息。每一天醒来，喜鹊知道活着的意义，每一次飞落，喜鹊明白相守的含义。在喜鹊的意志里，春天，就要迎着花开花落追逐光明；夏天，就要跟着水涨水落抚育儿女；秋天，就要随着瓜熟蒂落安身立命；冬天，就要顶着狂风暴雪厮守珍惜。一个凛冽寒冬的降临，会让喜鹊们齐聚一起，彼此温暖，彼此笑语。在它们眼里，没有逾越不过的寒冬，没有翻越不过的路途。只要定定地、静静地把阳光赐予的温暖深怀内心，就能把相依相守化成生生不息的飞行。

渐刮渐冷的冬风已经持续满涌，一次次陌生相逢已把不同心灵逐渐拉近，也无形将相知陪伴化成彼此珍惜的相拥。近或者远，高或者低，都在相逢对视中露出暖暖笑意。即使在一个苏醒了的寒冬初晨，也有一道勇敢的力气沿着立冬继续升腾。

那一刻，我冒着冬风继续前行。我知道，属于自己的，永远属于自己；不属于自己的，早被风刮去。

小　雪

1

睁开眼，一层阴云站在眼前，身后是看不见的风。

远处，漫涌而来的海洋汹涌咆哮，试图冲破一座山的阻挡把寒冷掀倒。我知道，海洋与陆地之间一直消磨，一直撕扯，一直让季节左右为难。只是它们心里，光阴留不住的就不再留住，睡梦不能苏醒的就不再苏醒。已经翻越而来的凛凛寒风，从头到脚地把一座座山脉变成雪岭，也把一张张熟悉面孔凝固成陌生，更把我曾经深怀眷恋的过去一一僵硬。

因为一场风，因为一场雪，我在百般无奈中模糊了自己，也模糊了大片海洋和陆地。我心想，这才是刚刚启程的初冬，大地的梦就如此深沉，那在接下来的寒冷里，有谁能用更深的梦把山脉逆掩？又有谁能使更大的力气把大地抬升？我想，贺兰山不会，六盘山不会，黄土高原也不会。但凡沉落在季节里的梦，每一座山、每一条河、每一道沟壑都会用宽敞的胸怀把它们盛纳，也会把它们收藏。只是在我的梦境里，我没有把自己走成山，也没有把自己走成河，更没有把自己走成沟壑。我只是在春夏秋冬的季节轮回里，摸着一把子光阴一步一步地把自己走扁走荒、走远走老，走成自己也意想不到的憔悴模样。那些鲜花盛开的季节，我曾用一天天的行走伸展过很多梦，也曾用一个个梦境欢笑出无数的灿烂，积攒起无数的力气。可在一个寒冷时节，我蓦然被一片海洋般的梦境包围，也被隐藏在海洋深处的一条条海沟、一座座大陆坡涌荡得站立不稳。一段很长的日子里，我曾望着一片片由绿变黄的叶子呆呆出神，也曾浮游大海之间踉踉跄跄随波逐流，试图在一个可以停泊的港湾找到温暖，让一颗心从此不再风雨飘摇。可任凭怎样的呓语呼唤，大地、海洋都没有回音，只有海面上的波光层层闪荡，漫无边际地把天际间的冰川雪岭伏晃成谁也不能左右的想象，也把我曾憧憬追寻的广阔天地深刻成自此不再的形单影只。

我沐着小雪日的清晨朝外看，雪还没有下，梦还没有醒。丢在山脚下的摇晃身影如同数亿年前的海浪反复扑涌。那些奔波了数亿年的狂浪波涛已把山的腰身吞没，也把壁立峰峦的面孔磨蚀琢空。扑涌的海水恣意不恣意倒是其次,关键是一片海洋的声音仍在澎湃。我俯下身子寻找一只三叶虫，它被一块石头裹在其中。数亿年了，它借着海洋深处的藻类植物爬上陆地，缓缓变成一只可以游动的虫子，却又不经意钻进一块石头游弋了数亿年。我不知道它是怎样穿越时光抵达未来的。再看看中宁桨鳞鱼，怎么也会三五成群地把自己贴在一块石头上，让大地拖着它奔走了数亿年？望着三叶虫、中宁桨鳞鱼，真希望有一块贺兰山的石头也能把我隐藏，让我借着石头的奔跑沉默晃荡数亿年，然后在一个不为人知的地方模糊掉所有记忆，也模糊掉人世间的一切往事。

小雪时节，重新刮起的风一遍遍地加剧寒冷，也掀翻一个个的梦、推倒一堵堵的夜。即将飘雪的期待里，我不想让谁提起，也不想让谁打扰，只想陪着一片海、一座山、一场雪慢慢静下来，把自己沉默成一滴水、一块石头、一粒雪花，冷冷静静地与大地同行，与时光漂浮。我知道，不管数亿年，还是几十年，我都得接受一片海洋漫涌而来的事实，得接受一座大山沉降隆起的事实，也得接受一场风雪如约而来的事实。它们逐渐把我的腿脚湮没，把我的梦境湮没，还准备把我的心魂湮没。在湮没之前，一层阴云能够站立在我面前，就足以让后来的路途坚挺沉重。那些奔跑惯了的云层会在小雪日的激烈碰撞中洒下片片雪粒，纷纷扬扬地把我的视线模糊，把我的选择模糊，也把我的路途封堵。我知道寒冷时节不能随便违拗，得缓着劲儿，把光阴一寸寸度过。不然，走丢了的路途很难找回。那只被石头包裹的三叶虫数亿年没说一句话，不也款款地走到了现在，走向了未来？那几条被石块压扁的中宁桨鳞鱼数亿年没有游过一汪水，不也靠着自己的鳔挺过志留纪、游过白垩纪，款款抵达新世纪？

我是挺不过数亿年的。我浑身进化转变的核酸、蛋白质一经枯萎、一经凋落、一经消亡，叫风一吹就没了。即便是我那灰钙般的干棒子腿有足够的硬度挺过数十年的风吹雨打，迟早也会被寸寸土地里隐藏的数亿细菌汲干吞噬，归于大地。我能有的就是一片曾经的气息，让天上的云层撞落下一大片雪粒，让梦中的海洋扑涌来齁咸海水，让眼睑流下一长串不舍的清泪，再让背后刮来的风打碎一个季节虚妄的寒冷，也就足够了。我能走多久？走再久也比不过一只包裹在石头里的三叶虫。我能跑多远？跑再远也跑不过几条刻在石块上的桨鳞鱼。或许，我在三叶虫眼里还不如三叶虫，在桨鳞鱼心里还不如桨鳞鱼。

顶多，我是一片凋落在雪野上的枯黄叶片，迟迟早早会被匍匐的蚯蚓吞吐成几粒泥土。

2

抬眼西望，贺兰山的雪飞舞而来，瞬间就将视野里的空旷迷蒙。调转头颅，另一种空旷已将身影孤零。我知道，前后夹击的空旷迟早会将我湮没，让我在纵身一跃的刹那间抖落所有的沉重。

我望着茫茫飞雪，不知道之前走过的路到底在哪里。雪把路封了，也把日子封了，想要走出去，得等下一个季节变暖，得等下一个季节河流开封。否则，即便我的肋骨长出翅膀，也会被无端的冰冷冻扯冻僵。

之前，我一路奔跑，用漫长的足迹拉长清晨、拉长黄昏、拉长身影，也用一个个经行季节长出一棵棵树，开出一朵朵花，结下一粒粒果实，还把半路相逢的微笑、欢快化成歌声，化成涂抹不去的袅袅余音。那些村庄，那些庄稼，那些盘旋不去的花喜鹊、短耳鸮，以及春夏秋冬里的蝉鸣蛙叫、男欢女笑，一一成为记忆里的昏黄余晖，也成为奔波间频频回首的故事片段。而此刻，经行在风雪里的身影已经悄然隐没，不再留半点痕迹由谁评说，也不再留半点回忆由谁瓜葛。我知道，下雪的时候，谁的心思都抵不过一片飞雪飘零的透彻，谁的转身都抵不过一场寒风凛冽的撕扯。

小雪日，大地已萧瑟。树上的叶子落光了，郊外的野草枯黄了，半空里的鸟儿飞远了，只留下一堵堵半颓的墙、一院院空落的房，静静寒冬里一个空荡的村庄。偶尔，有几个人行走在孤单的村巷里，抱着膀子，咳着嗓子，望望树，看看院，头也不回地朝出走。他们走向哪里不知道，只知道一个村庄随时会被一场雪的飘零所吞没，也会被一群人的转身所消隐。这个寒冬时节，该走的人走了，该说的话说了。身前身后，日子变得生硬干枯，神情变得生疏恍惚。问谁，都在远方；问谁，都没有商量。倒是那些飘舞的雪花不问谁的过失，不问谁的往事，只是轻轻漫舞，把昔往的记忆一一伏落，一一掩映，然后趁着呼啸寒风封冻所有。

小雪时节，没有什么不可以封冻的，也没有什么不可以掩映的。说再多的话，走再长的路，都不如有一双手拉着，有一颗心等着，有一炉烟火候着。而在没有来路的雪落之间，把一切的事情想好，把满心的思绪理好，就不会被后来的风雪阻断。即便刮来一场风雪，也不可能阻断继续前行的路途。

一场寒风来了，一场小雪降了，我愣愣地站在空旷田野上伫立守望。我知道，我还没有长大，就被一场雪压矮了身形。

推开门，一场雪封住了去路。

3

弯腰拾捡叶片的时候，我看见自己的孤独正在佝偻。

尽管我不相信此生的苍老已经跟来，但在佝偻的身影里，我知道很多事情已经难以挽回。望望手中发黄的叶片，时光倾注过的叶柄叶片已经悄然凋零，任凭怎样的挽回都难以愈合，就像我们拐弯抹角地奔波路程，走着走着就把自己走远了、走荒了、走老了，到最后，竟然走成自己也不认识的陌生。这片叶子沾满了春夏秋冬的印记，也留下高低深浅的刻痕。它曾经伸展过一个梦，曾经升腾过一缕希望，也曾经渗满过一股子倔强的力气。在风刮来、雨下来的时节，它曾经铆足了劲顺着细嫩树枝朝上长、向天跑。尽管它的叶柄被树枝紧紧扣着，但它毫不示弱地随风吹拂，任风飘摇，一天天迎着阳光不断光合茁壮。它在春风里、夏雨里、秋霜间曾经做过无数个梦，也曾经义无反顾地沐浴过无数次风声，但它从来不放弃、不退缩，一直顺着树枝把新鲜的汁液输送至根部，又把根系的力量汩汩涌起，让墨绿的叶脉一路纵横。

但现在，它也凋落了。

它落向大地的时候，不想再说一句话。说什么呢？一树的叶片都落光了，说什么都不顶用。还不如消消停停地告别树体，回归大地，让奔波了一季的筋骨歇息歇息。或许在这场小雪降临之前，它曾强忍住所有寒冷，硬挺住所有凛冽，把最后的光阴深情抚摸，把最后的温暖深深记住。那些阳光灿烂的日子里，一片叶子的梦境蓦然长满了花草树木，成片成荡地沿着河流开满鲜花，扑满清香，引得四面八方的蝴蝶、蜜蜂上下翻飞，随意舞动。在一片叶子的梦境里，几只虫子咀嚼的时光逐渐露出缺角、枯萎经络，也随风模糊掉疼痛时的模样。曾经一路不止的追逐，在某一片叶子面前戛然而止。曾经一路不停的歌唱，在某一朵花前悄然屏息。定神冥想，所有息了声的匍匐注定需要一次次轮回，注定需要一遍遍洗礼，直到出了窍的灵魂重新回归躯体，才能在来年春暖花开时节继续奔放生命，释放激情。而在小雪日逐渐枯涩的对视中，一片叶子能做的，除了叹息便是沉默不语。

寒风又吹起。望一望黄昏，谁还在安静守候？打开一盏灯，身形只一人。

4

离开母亲，我像一棵抛荒的草，孤零零地站在空旷田野上任由寒风呜呜吹荡。

从小到大，我没有试想过自己的强大，也没有试图过自己的狂野，只想从田埂走到路上，然后在走得远一些的路上，听着母亲的叮咛走得稳当一些、踏实一些，也能把母亲一辈子欢声笑语里的梦想驮得更远一些。母亲的叮咛有些是当面说的，有些是捎话来的。不管是当面说的，还是捎话来的，我听了都觉得踏实，仿佛母亲用我的方式把一种生命的状态随时立直拿稳，然后让我的行走一路瓷瓷实实、利利落落，不至于一股子风一吹就偏了就歪了就扑倒了。母亲叮咛过的话很有力气，有时像一个巴掌，有时又像一个赏赐。走远走偏的时候，母亲的声音大而威严；走稳的时候，母亲的话语笑而有力。

我从一个村庄走向另一个村庄，从一个山坡走向另一个山坡，从一个季节走向另一个季节，母亲的叮咛一直紧紧跟在身后，响在耳际。很多时候，稍微感觉有些耳根子发热，就觉得母亲又在河那边呢呢喃喃地絮叨了。她在老家院子里说一些话的时候，我好像能听见也能看见。过不了多久，母亲的确如我描述的那样，曾在某个时候给家里人说过我的境遇、提起我的事情。不管怎样，母亲的叮咛言犹在耳，听见听不见都得记着。不然，我把母亲的话都忘了，都丢得一干二净了，我还能听到谁对我的叮咛？还有谁能对我不停地叮咛？一路上奔波，碰到的人多了，看见的事多了，听到过的故事也够了，有谁能像母亲一样不远不近地随时叮咛、魂牵梦系？

好长时间，我伏在一个角落沉默独守，没有及时回去，母亲也没有给我再叮咛，只让人捎话安顿注意身体、莫要透支。我知道自己迎着寒风加紧赶路早已成了母亲心头的担心，也知道自己硬挺独行的日子早已成了母亲夜夜不断的怨嗔与叹息。我知道母亲的无声叹息，也知道接下来继续延伸的漫长时光还会让母亲担心。不管我的路途有多遥远，不管我的脚步有多踉跄，我也得迎着寒风继续前行，把该付出的付出、该承受的承受。我估计，在我的路途没有走完之前，缺了母亲的叮咛，我的神经会被一场场风雪吹散压扁，甚至会被一重重寒冷冻裂折断。

或许有一天我会被风冻僵被雪埋藏，不能醒来，那就让我的母亲前来，附在我的耳际轻轻呼唤。我相信，有母亲的呼唤，我会重新苏醒，我会把母亲紧紧拥抱，从此不让她再忧虑担心。

母亲，我能听懂你的叮咛。

大　雪

1

雪没下，死喊乱叫的寒风也是白搭。

听了人的劝，我收起很多想法，让自己一遍遍陷入沉默。我想，我不再说话，寒风就不会把我刮跑。即使要刮，也顶多把心里想的一些话刮跑。

我想找一条可以通往春天的路，但不知怎么的，一阵风沙吹来，把眼里的泪水刮出，让人东瞅西望间把来时的路遗忘。左看看，右望望，也没有找到一条可以越过的路，只好让寒风把面孔一一肆虐。停在路旁边，一排站着的树守了好多年，分别满身长满了枝条与胡须，连裹在外面的树皮都裂成很深的皱纹，到最终也不知自己的根系伸到哪里。有些可能从地下伸到了路尽头，有些又从另外的地方长出了新枝条，林林立立地横成一排，让人看不出是路让给了树，还是树堵住了路。往前走，还是往回折，周围都是树。到了十二月，满树的叶子都落在了地上，一层压着一层，一年叠着一年，也不知道有多少年的落叶相逢在同一个地方。所有的叶片都是因为寒冷才凋零的。它们是阳光留给树木的印记，也是大地滋润出的标志。但现在，纷纷从树上跌落了下来，一片跟着一片压覆住树脚下的土地。它们嫩绿肥翠地从春到夏生长出来的时候，每一片叶子都把笑意含在叶片的经络里。迎着一场风，淋着一场雪，笑意更加盈盈。但到了深冬，几场硬风就把它们刮得失去了方寸，没几天工夫就落光了，只留下一棵光秃秃的树任凭寒风抽打。

最寒冷的时节还没有到达。从霜降到大雪，大部分的天气还算晴朗，让人误以为应时而过的时节，都会顺延拖后。白先生谈笑风生地从外面进来的时候，浑身的气息像是沾了阳光一样自在洒脱。王先生呢，一身笔挺衣服露出俊俏的身材，根本看不出是在过着一个已经来临的冬天。不管哪位先生还是女士，穿着单薄衣服越冬已经比落在地上的树叶更幸福更美丽。

冬日里，一群群的鸟耐不住寒冷纷纷飞离而去。只有人使着各种法子把冬激活搞热，好让漫长的冬季变得丰富些、精彩些。能在枯燥而乏味的季节里把日子过精彩、过丰富、过踏实，确实是一种美意。或许在一个寒冷冬季里唯有人才能让一个季节变得诗意温暖。若不然，时间苍老又如何能让季节充满温度呢？

已经入冬好长时间了，大地上的草枯了，树秃了，连田野里的人也稀少了。只有一览无余的阳光尽情地照射大地，也尽情地任凭寒冷把树梢抽得咝咝作响。偶尔，地面卷起的风把枯枝败叶吹得遍地乱滚，一任冬季无限延伸。可再延伸，北方大地还是没有降一片雪花，好像小雪、大雪就是虚妄的摆设。没了雪，起伏的山坡枯黄着，光秃秃的树枝干耗着，守在屋子里烤火的人们呓语着。冬日的空旷一长久，视觉的疲劳会让心疲惫。除非走到干硬的寒风里让风吹吹，才能从肌肤的干冷疼麻中感受到一个冬季的存在。

雪没有下，喜鹊、麻雀也有些失色。土地被浇灌过的冬水凝固了，躺在土壤里的各种虫子顺势在冬眠中躲过喜鹊、麻雀的叼啄。好在结了果的海棠、山楂、沙枣树还残留了些冻硬的干果，几群喜鹊、麻雀便分工明确地各把枝头，寻点干果充饥抵饿。冬季里能留守的鸟儿自有留守生存的本事，否则，光一场突如其来的寒风就可以把一只只的鸟冻僵冻死。而现在，喜鹊、麻雀没有从季节里退场，它们在大批候鸟迁徙后，仍然倔强地留了下来，陪着一个个人、一棵棵树、一块块庄稼、一个个村庄安详生活。或许它们也在等待一场雪的降临，能借着雪花的飘舞把视野丰富丰富，把嗓门眼儿滋润滋润。若不然，过去几年的几场雪，总会吸引一群鸟儿啄食寻觅，然后在翻飞的行踪里留下纷纷扬扬的痕迹，也留下一个个让眼睛惊奇的瞬间。冬日里，有鸟的天空布满灵感，有鸟的自然布满奔波的动力。

但不管雪下不下，人心里的期待总是想让日子过得缓慢一些，丰富一些，富有意义一些。

下一场雪，能满足很多涌起而又平静的念想。

2

夜半，狗不停地叫，像是要把天上的雪叫下来，一层一层地变成它的行程，一路狂欢从深夜奔跑至天明。侧耳倾听，一条狗的声音可以叫醒一群狗的声音，密密麻麻地把街巷拐角的梦境全部叫醒。一醒，夜半的梦中断了。几个人从一个院门里出来，对着暗处的狗恶狠狠地啐了一口，也没有喝退狗的声音。相反，吱吱嘎嘎的关门声唤醒了更多狗的声音。躺在床上，一些人睡不着觉，也没了困意，便打开夜灯骂骂咧咧地骂着夜半的狗。可狗听不懂人话，深夜里，人都睡了，也做起了梦，留下来的就是狗的世界。白天，人能把狗的世界占领了，狗只能跟在人身后悄无声息走来奔去。而到了夜晚，好多人终于累乏了，没劲了，倦倦地入睡了，狗才算清静下来，才想起自己还有自己的事要干。要干一些事儿，得叫更多的同伴一起来参与，否则形单影只难以支撑。白天里的匆忙让狗狗们眼花缭乱，有些神情恍惚，只有到了夜里才能让它们继续干白天没干完的事儿，想起白天没有看清的同伴。白先生知道这个事儿，马先生知道这个事儿，王先生、李先生也明白这个事儿。只是在明白这个事的过程中，谁也不知道下一个叫声是谁叫出来的。

后半夜梦醒了，狗也不叫了，月光落荒而去。

狗叫了一夜，把耳根子都叫得烦躁。

3

生活就这样走了过来，悄无声息地应和着每一天的阳光、明月，然后将行走过的痕迹一一丢在背后。

岁月不会折返行程让生命倒流，更不会变换方式让时光逆转，只会推着人继续向前向前再向前。至于走到什么程度，什么地步，就看未来的见证了。

这个时节，又一个冬季来临了，赤裸大地上的一切发生了根本变化。夏日的绿色早已消失，连天边的云彩也快快地越过贺兰山，叱咤风云般地朝着我们扑来。好在已经习惯了这样的天气，也熟稔了季节的规律，便无多少怪嗔的话语让人听着。外头的风迟迟早早会顺着气温下降曲线刮来。这是冬季最平常的风景。只是这风景的质地用眼看不着、用手摸不住，得用肌肤、肢体去体验、去感受。

闯入大西北的冬季，最让人记住的风声是大水沟的呼啸和呼鲁斯太的肆虐。夹在贺兰山间的风，像是注了添加剂的制冷剂，一吹过来就有种刀割的疼痛。脸颊、鼻梁、嘴唇……只要是露在空气里的肌肤，短短几秒就会产生麻木般的哆嗦，然后就是耳根子快要掉下来的灼热。好在待的时间不会太长，一耐不住寒意，就有人会速速地逃离现场，把大水沟、呼鲁斯太这些有些偏僻遥远的山谷之地远远地抛在身后，径直奔到山下的某一个能够冒烟的地方取暖去了。在这些常人不常去的地方，冒起任何一缕青烟都会让人心生温暖，就像渴极了的人见着远处的水影一样。

这个场景式的片段是十几年前的记忆。虽然遥远，但能勾起很多熟悉的回忆，更能勾起人们对冬天的深刻印象。与南方比，大西北的冬天更广袤、更粗粝，也更干裂。前两日在青铜峡的黄河大坝口临风而立，望着唐徕、汉延、惠农几条古渠波起浪滚、顺势流淌的黄河之水，再看对面的贺兰雄浑，便不由想起了过去。之所以想起，是因为此处的风与彼处的风给人的感觉一致。一瞬间，股股寒风让人的手硬生生地酸麻刺痛，又让人脚底冰冷的冷意上窜。身体里除了流淌的血液没被凝固外，其余的部位全部注入了冬季的寒冷。我对几个同行的朋友笑言：夏冬两季的宁夏可以用两个字概括——夏日为“浪”，冬日成“寡”。夏日之“浪”在于万物生长，浮浪万顷，俗世人间，媚态万种。而冬日之“寡”，则在于山河凋零、大地粗犷，于人则哆嗦战栗，黄皮寡瘦，就连人也寡淡无欲，干寡无趣了。在冬日，除了几个冬钓冬泳爱好者顶风冒雪玩刺激外，多半的人会躲进小楼成一统，或者猫在灯红酒绿的醉意里张狂肆意地宣泄。季节的变化成就了一方人群的品性与风格，也彰显了一个地方的精神与风俗。见着夏日里的人儿，温婉而笑之间尽显生活的柔美安逸，而到了冬日便是边塞荒凉中的粗犷与硬气。之于人，夏日热情奔放，冬日则裹袖自闲。只有那些人上之人如同个超凡脱俗的神仙，天南飞、海北游地落个自在。而民间冬日的冷暖，只待风头过后再说吧。

在沉静有序的情境里，各人有各人活法的季节变化给大西北带来种种殊异。一种是愣头青般地继续闯荡，一种是悠然自得的安闲守成。前者为了谋生不问季节的好坏，只问商场价格的高低。后者为了安闲不问事情干了多少，只问自己能得到多少。两者的态度在动静之间有着不同的取舍，自然在生活方式上有着不同的追求。衍生出更多的外部条件，自然也会出现诸如巧取豪夺、好吃懒做等行状了。这样的话语好像不好听，可实际的发生却是此起彼伏、司空见惯的。

不过，有一个共同约守很奇特，就是大多数人不会随便地叽叽喳喳，在许多情况下只是笑笑就走开了，好像先前的情况没有发生一样。天上的云照旧飘着，空中的风照旧刮着，餐桌上的人照旧吃着，瓶子里的酒继续喝着，反正人前背后的那些个事儿都不是个啥事，顶多也就是谁站得高、尿得远的事儿。

比起漫长的冬日寒冷，谁有啥心思与自己过不去呢？

这样想着，时间拉长了，生活的惰性也拉长了，好多的事儿也忘光了。等到拎起来的时候，春天又来了，郁闷枯燥的心情也被春风一吹，又活泛了。至于冬日经历过的每一次记忆，每一个场子，不是被风叼跑了，就是让风抢了话把儿。没等声音传出去，喉咙就被一缕风堵住了。然后吞咽冷气，变成一个又一个响屁。有人听见了，说是风放的驴屁。有人没听见，就等于眼前站了个聋子。

谁知道呢。

冬天的时光让人一天天挨着，一天天盼着。天亮了，挣扎着摆脱睡梦，先望望凝着冰的窗花，再看看太阳还没升起之前的黎明晨色，然后决定是睡是走。等到天黑了，匆匆地应个场子，然后巴不楞楞地往回赶，摸摸暖气，看看门窗是否关严，才解开衣扣、换上鞋子，找适合安顿的地方静去了。这等日子随着日头的短暂而短暂。有时候，还没享够坐在阳光下的惬意温暖，黄昏便提前降临，死死地把白昼翻成黑夜。若不是一长串的路灯和群辉交映的LED灯，恐怕黑夜里的寂寞要比看不懂的天书还难受。不过，人这个活物的办法总比困难多，寻欢作乐的理由总比埋头苦干的事情多。一个电话，一条短信，一个照面……啊呀，几个乏人只要找个理由凑到一起，就能把冷冷的天气变成暖暖的聚会了，然后伸手划拳饮酒作乐，或者搂肩搭背胡喊乱叫，也算是一种度过。

许多日子，一群又一群的人三三两两地结成小圈子，拧成麻花一样地聚在一起打发冬日，抵御寒冬。聚在一起，心热了，情暖了，话开了，时间也就短暂了。再漫长的黑夜一遇上人，都会产生旋律上的起伏，或者协奏，或者合奏，或者诙谐，或者咏叹。

一群人有一群人的快活，一个人有一个人的收获。其中最值得人期待的是：下一次采取什么办法把寒冷赶跑？而这份期待，让老的、小的、男的、女的，都在心里窜起一个又一个的念头：明天干啥？明天穿啥？明天看啥？一日又一日的组合、设计，让每一个封锁在冬季寒冷里的人过得有滋有味，也蛮富青春，好像一个冬季的来临并不干扰正常的节奏，也不影响实时的生活。

大批量的生活在别处，答案在心里，却不在风里。那种走在大水沟、呼鲁斯太或者行走在青铜峡黄河大坝上的冬日体验，能让人记住一个真实的冬季，但却决定不了一个冬季的生活。毕竟风起的时候，人们会裹紧衣服朝着冒烟的地方靠拢。

那就记住冬天，让西北的风继续刮吧。

冬　至

1

母亲呼唤我的时候，天上的雪悄然落了下来。

整个冬天没怎么下雪，满眼的土地干枯而萧瑟地横陈着。所有的树落尽了叶子，稀疏龟裂地经受着一场又一场的风。

已是冬至，更加刺骨的寒冷已经大面积穿透树林、穿透旷野、穿透村庄，直渗每一张面孔、每一根发梢。即便是沟渠旁、道路边、树林里的成群麻雀，也蜷缩着脑袋冒着寒风跳上跃下地叨啄着地上的细碎颗粒。而在另一侧，流淌在村子旁边的黄河故道早已结上了冰。随着严寒持续加深，河面浮起重重的冰凌，一块叠着一块缓慢翻滚，间或撕开几道冰流，让沉闷的河水蒸腾出汩汩水汽。尽管天气极度寒冷，但也挡不住一些人的腿脚。几个人迎着寒风跑到黄河岸边，砸开一处冰面，稍微活动了几下筋骨就脱光衣服跳到河里冬泳。下河前，几个人像是唤醒一条河一样，朝着黄河干吼了几声，紧接着，冰面发出嘶啦啦的迸裂声，让一河的流水蓦地苏醒。

没有下雪，但却有风。从立冬到霜降，从小雪到大雪再到冬至，一场场的风把腿肚子刮得直哆嗦，也把枯黄土地刮得直翻卷。风一刮起来，母亲就隔着河岸打来电话左叮咛右嘱咐，安顿吃好穿暖，别冻着饿着累着了，还反反复复叮嘱把娃娃照顾好，有时间多回家看看。听着母亲一遍又一遍地叮咛，我一边应承着自己会照顾好自己，一边也劝母亲保重好身体，不要担心。可母亲还是担心，还是叮咛。她的担心与叮咛让我走累了的脚步时时温暖，也让我极尽疲惫的内心涌起重重力量。离家很久了，又风来雪去地四处奔波，怎能不让母亲牵挂呢？有母亲的呼唤与叮咛，路走得再累也要坚持往下走，肩挑的活再重也要坚持往起挑。

一个冬天没怎么下雪。我远离父母隔着河岸东奔西跑，又趁着晨起昏落走南闯北。许多个星夜，我独自披着一层层清霜、迎着一场场寒风往回走，一路除了侵袭不断的寒冷，便是无休无止的孤单和沉默。走走停停，徘徊踌躇，仿佛沉陷寂静的荒原，任凭漫天的空旷随时隐没。我知道，在我孤单沉默的时候，母亲会在隔河相望的惦记里看见我的神情，更能看透我的心思。母亲的叮咛会帮我抹去身上披着的清霜，更会挡住随时侵来的清寒。许多个星夜，从稀疏树林漏过来的月光会把我走过的路隐没藏匿，但母亲会追着月光把我走丢了的路找回来，一路牵着我往回走。每一个母亲都不愿意自己的孩子走丢走失，更不愿意自己的孩子受累受罪。站在老院子里，每一个孩子都让母亲惦记担心：问了老大问老二，问了老三问老四……逐一把每个孩子的情况问清楚了，母亲才放下心头的担心。

一个冬天里，母亲就这样时时刻刻地惦记着我们，也挂念着我们。而我们，不是迎着寒风奔波，就是冒着寒冷跋涉。站在月夜下，母亲的呼唤紧紧随着我们的身影一路前行，有母亲的叮咛在，走在路上的心情都轻盈了。

母亲，别担心。

2

我看见自己的苍老正扑面而来。

一道道皱纹可以将往事全部埋掉，也可以将青春截断。尽管内心有一百个不情愿、不相信，但既成的事实已经摆在面前。我把日子丢了，怪不得别人。我把光阴贻误了，也怨不得别人。属于自己的，永远都是自己的。不属于自己的，强求也难挽回。

儿子说我老了，我也感觉自己有些蹒跚。再想想我的父亲，腿疼已经让他懒得多动。可他还是强忍着，咬着牙关从椅子上站起来，在屋子里东摸摸、西瞅瞅，想尽力把力所能及的事情做了。父亲闲不住。身体里总有一股子力量推动着他朝前行走。从年轻到年老，父亲一直风里来雨里去地奔波着。田间的沟渠，乡村的巷道，进城的石子路、柏油路，父亲早早地把一个个春夏秋冬刻印在曲曲折折的身影里，也早早地把一路的脚印落在来来回回的路途中。多年后，我沿着父亲走过的路继续前行，跨过江河，越过高山，走向更远的地方。可走得越远，越想早点返回，不想让沿途的野花野草把我的路途阻断。可即便这样，身上的几层皮还是被脱了，额上的几道纹还是加深了。

儿子看着我一天天老去。我看着父亲一天天老去，我们都在岁月的抗衡中把自己衰老，也把过去放逐。我们再也回不到过去，也难以在沉沉的冥思中找回自己，只能任由深陷的皱纹将日子镌刻，把曾经的过去逐渐隐去。许多时候，我们即便把过去找回，把自己找回，也已无济于事。老了就老了，谁也改变不了。即便洗漱干净，穿戴整齐，也无法把松弛干枯的皮肤收紧，无法把深陷的皱纹抹平。现在，只能跟着日子前行，陪着年迈的父亲继续苍老。

我老了，自己也没有办法。

3

下雪了，我得把时光好好捋一捋。哪怕捋出一道道伤痕、一片片苍凉，也要捋出个子丑寅卯来。

几只麻雀落到雪地上，来来回回地啄食着雪层下的颗粒。它们忽儿飞到旁边的树枝上，忽而落到邻近的灌丛里，寻觅更有滋味的东西。我站在旁边，细细聆听下雪的声音，轻轻的，匀匀的，像是把梦延伸进每一个季节的缝隙里。下雪的时候，吹来的风，落下的雪，丝毫不影响麻雀的啄食，也不影响大地的神情，只是暂时地游移着昔往的过去。

昔往，正在过去。走了很长一截子路突然分岔了、走丢了。再往回折，连路边的草也不认识了。已经是数九寒天，许多落尽叶子的树、枯黄衰老的草、无精打采的牛、浑身疲惫的人都昏昏沉沉地迷糊着。寒风开始把往昔吹折，也把过去吹断，任凭怎样的复苏、回忆、猜想，都觉得过往已经被截断。勉强打起精神朝外望，一片安宁拥身而来。之前的日子兴奋过、起伏过，也在某一个不经意的时刻逐渐遗忘。之后，陷入一片寒冷，将余生空旷成一片荒野，与杂草、鸦雀、小虫一同相依相偎。

一长串的光阴一点点溜走，也一点点把额头上的皱纹加深。斑驳陆离间，春夏秋冬散落而去，只留下一道道阳光调起回暖的余温。能看清谁看不清谁已经不是很重要的事情了，重要的是自己的脚步还能略微动一动，呼吸还能喘一喘，若不然，光阴逝去了就不会再回来。除非在沉睡中颠倒了梦境。梦境一颠倒，所有的追踪都枉然。睁眼看一看，枯黄的草正迎风挣扎着从斜躺过的地方站起来，此外，一滴滴清霜正将之前倒伏的姿势捋直。站在寒风里把谁唤回，多半无济于事。只有自己的屹立才是最坚实的挺立。时光不柔软也不生硬，淡忘许多细节，或许还能从沉睡中醒来。否则，冻住了的大地会把日子继续封冻。

裹挟着寒风的空旷大面积地把前行的路途封堵。从一个角落到另一个角落，心绪已被嘈杂的声音吞没。弦子、胡琴、琵琶……各种各样的乐器交汇出来的旋律足以将冬至日的寒冷飞雪飘零，也足以把许多埋藏在心里的事情一一沉默。不想表达也不再表达的意念，一寸一寸地陷入沉默里。即便不再转身，也是迎面对着谁苦苦一笑。至于笑出什么，且看冬至日的表情。

吃着一碗滚烫的饺子，隆冬正式地来了。窗外，一场雪正悄悄把过去隐没。

4

这些日子，最高兴的是风。

它们一场场地接踵而来，到处闯荡，几乎把每一棵树、每一条路、每一块田地、每一幢房子、每一个村庄、每一座城市都横扫遍了。

除了冬天，风在其他季节里很忙。上高山、跑草原、陪河流，无暇顾及风路上的很多东西。只有到了冬天，才借着暂时的消停劲儿，迈着步子往回走。走一路，就把一道道寒冷带回来，让留守在原地的人们经历了寒冷之后，刻骨铭心地珍惜之前美好的日子。

风和风是结伴同行的。走到一些惬意的地方，还会相拥起舞。偶尔，再把天上的云招呼下来，一路风雪交加地嬉闹。它们往回返的时候，整个大地都敬畏般地腾出地方，任凭风尽情欢快。哪怕刮折了树上的枝条，掀翻了院子里的桌子，推倒了庄子上的院墙，也没什么大不了的事情。能腾出一个季节让风好好歇缓一下、释放一下，也是应该的。要不然，风也会迷乱方向，忘了回家的路。一旦走丢走散，风就会焦躁狂暴，失声痛哭。

一场找不到回家路的风一旦哭起来，很多事情就会失去方向。田野里、温棚里、庄子里、院子里，鸡飞狗跳驴叫、草折花谢树摇，一大堆的乱糟样子会让枯黄土地头痛不已，痛苦不堪。它没有办法哄着风不哭，也没有办法让风找到回家的路，唯一的选择就是让风放声地哭，放声地沿着不同的路径往回找。某一个时刻，风停了下来，就意味着风找到了自己的家。风找到了自己的家，大地上的所有生灵就能趁着天空晴朗重新抬脚出行，重新按照原来的样子把眼前的一切收拾起来。风停了下来，被吹折的枯草慢慢掩去抽泣，挣着残留的劲儿重新休眠。温棚里被吹散的花独自收起残落的花瓣，再度凝起花萼间的香味悄然释放。已经脱光了叶子的大树继续定下心思重新沉睡，只待下一个季节来临时重新发芽抽枝。之前，被风吓着了的大公鸡，现在也静了下来，领着一群母鸡踱着方步四处觅食。

大黄狗是不叫了，成天成夜的狂吠乱叫都快把梦吵乱了、喊散了，现在也乏乏地趴在狗窝里伸出脑袋沐着阳光睡觉。夜半里被风吹得站也站不住的驴，也不怎么叫唤了，乖乖地站在空旷原野的某一处坡上出神。

风停了下来，大地重新复苏，太阳如常照耀。回头捋捋季节的神经，该干什么照干什么，该想什么照想什么。再有多大的折腾，土地上的一切迟早都会恢复原状。一场风掀翻的情境，一场风哭泣着的样子，不过是季节更换的一份借口。谁都知道被风掀翻的事实很难改变，也都知道被风吹折的隐痛难以替代，只有顺其自然地改变自己，才能更好地改变现实。那么多外来理由无非是一种解脱，是一种遮羞。重新回过神的大公鸡斗不过寒风是因为自己孱弱。趴在阳光下歇息的大黄狗斗不过寒冷是因为皮毛不够厚。荒原上的野草顶不住寒风的狂吹肆虐，是因为基因不够强大。就算是先前朝着风歇斯底里破口大骂的几个碎尿，早就被风抽得满脸红肿。不是风不讲道理，也不是风没有耐性，而是一些个不识相的家伙不想让风说、不想让风讲，还想用一些个馊主意让风住嘴。这些想法怎么可能实现呢？结束，几个碎尿还没把话说清楚，就让风迎头搂了过来，几顿嘴巴就跌坐在土地上。

在风面前，谁也别逞能。谁逞能，风就会狠狠地揍谁一顿。在风面前，谁也不要抱怨。谁抱怨，风就瞧不起谁。风对世间的事情看得清楚着呢。哪里山高水长，哪里林草丰茂，哪里草长莺飞，风都知道。一年又一年的奔波，风早就记住了沿途起起伏伏的山山水水、沟沟壑壑，也早记住了沿途的城市村庄、河流草原。它们知道哪里的山高，哪里的水长，哪里的沟深，哪里的路长。当然，它们也知道哪里的驴温顺，哪里的鸟飞翔，哪里的狗安静。走的路多，经历的事情多了，风也喜欢找一些优美而安静的地方歇一歇。风也有走烦的时候，走烦了，就找个地方歇缓歇缓，调理调理，不至于跑着跑着把腿跑断，把腰跑折，把精神跑散。现在，风一趟趟地往回跑，就是想找一处安宁的地方，好好把走过的路程捋一捋，以便下一个季节重新开始时，能有劲地继续朝前跑。可这个季节中，有一些个家伙背着风干一些偷偷摸摸的事情。不是把水偷走，就是把山挖走，不是把树砍倒，就是把草割倒。背着风干一些不地道的事儿，风就很生气。一些个人把风走过的路挖断了，把风吹过的地方改变了，风就失了方寸，一急就大哭起来。一哭，就狂风肆虐，四处冲撞。一肆虐、一冲撞，大地上的很多无辜跟着遭罪。

可这些隐蔽在风里的秘密谁知道呢？

天亮了，刮了整整一夜的风已经跑得很远很远了。它们能跑到哪里，又在哪里停歇，谁也不知道，风也不知道。

风停了，该走的路继续走。

小　寒

1

小寒日，我没往出跑。

寻一处地方静静坐在阳光下，任由一望无际的晴朗沐浴。远远近近的树木稀疏空荡地陪着云彩闲晃，一对喜鹊飞上飞下衔着枝条在路边的槐树上继续搭窝。旷野没有多少人影，多半是静立不止的枯黄。我眯眼望望远方，又看看脚下，很多在外奔波的往事已经上上下下地褪了我好几层皮，也折折皱皱地把我的额头挖深了好几道痕。感觉有些疼痛，但又不是太疼痛，有些苦楚，但又不是太苦楚，就像坐在寒风里，抱紧了双臂加厚了衣服就不觉得寒冷。

已经习惯了北方冬季里的生活，也足够适应了漫长冬季里的日子，就算有再多的寒冷逼近，也有晴朗的阳光轻轻挡去。上了年龄的母亲一再让河对岸的风把她反反复复的叮咛捎过来，叮嘱不在身边的孩子把身体照顾好、把手头的工作安顿好。听着风捎来的话，心里总有一片怅意徘徊。都已经老大不小的人了，还让人时时担心、时时叮咛。想着母亲的神情，记着母亲的叮咛，小寒再寒，也不过是一场即将掉头的生活继续。

就这样乖乖坐在小寒日的阳光里，看着天上几片白云来回浮游飘荡。偶尔，有人从面前走过，三言两语就转身而去。之外，便是一片空荡。想起一些事儿，已经无关了。无关就无关了，也不是什么要紧的事情。在一些可以更迭的时光里，有关与无关已不是顶顶重要的事情了，多数不外乎是把劲朝哪儿使。朝天使的劲不让使，就朝地里使；朝地使的劲不让使，就朝空气里使；朝前使的劲不让使，就朝后面使。反正总得找一头子地方把劲使了。惦记的一些人儿，也走得远远的。唯有眼前的几片云，还在天际里与寒冷相伴。身外是否又起了一场风，不知道。但从纹丝不动的树影里判断，小寒日应该没有风。就算是起一场风，长在眼前的树也会用干枯的树枝把风抽得嘶嘶作响，甚至会把满地的尘埃飞絮驱赶得四处乱跑。

可这些都在小寒日里没有发生。

坐在阳光下，我的世界静静的，外面的旷野也是静静的。好像有阳光的沐浴，一切都不需要发生，也没必要发生。发生什么呢？即便发生了，也不过是一连串面无表情的堆笑。回过头，严寒能把很多事儿打回原形，即便包藏得再严实再严密，也会有一股刺骨寒风凑过去，把该流传的风声走漏。风声一走漏，很多隐蔽的东西就会啼笑皆非。包括某些特定场景里的歇斯底里也会让人叹息不已。而恰恰是这些平常稀松的事儿，让人在虚妄假想间把大把时光荒废了，也把一望无际的路断送了。谁也想不起原先走过的路是否对头，也记不住曾经挺过的日子是否丰厚，只觉得风里有一把尖锐的刀子正在慢慢刺破腰身，让走着的路突然摇摇晃晃、血流如注。而那股流淌出来的鲜血，倏然化成看不见的客套话，隐隐约约在暗处发出疼痛抽泣的声音。

没有谁能抚摸，也没有谁能亲近。只有静静的时光轻轻擦洗被刀割的伤口，在小寒日的宁静中接受阳光的治疗。

阳光继续，晴朗继续，小寒继续。

2

比寒冷更寒冷的时节已经烙印在骨骼里。谁想掉头转身，都觉得小寒可以冻透人的神经。

经过田野时，沿路的树林子花白枯瑟着远去的身影。大部分的树木几乎被枯瑟的叶片、枝条所占据，偶尔泛出青白颜色的是熟悉的白杨。进入冬季，脱落了叶片的树们分别沉入睡梦，昏昏暗暗、深深邃邃。入梦，便是沉睡，任凭怎样的寒风飞雪，都不可能唤醒每一棵树的灵魂。小寒日，所有树的颜色和睡梦中的颜色基本一致，昏昏暗暗、昏昏沉沉，即便是夜半里惊恐的狗追着各式各样的睡梦狂吠，也无法把梦里的颜色全部吠光。

梦沉在大地上，就是灰暗斑驳的树儿。梦沉在人身上，就是紧闭双眼的失忆。冬至下过的一场雪不几天就化了，到了小寒，再无新的雪降临。此间的日子里，太阳照常升起，晴朗地扑闪人来人往的身影。村庄前，有人抱着袖管蹲在南墙根下晒太阳，东拉西扯地闲聊天。城市里，有人抄起手机呼朋唤友喝酒去。大块羊肉大碗酒、肥美牛头胖鱼头……但凡调动胃口的美食，用一盘盘热气腾腾的菜肴、一杯杯辛辣白酒把冬日里的寒冷驱散，也把小寒日子里深藏不露的东西渐渐忘光。等到酒足饭饱拍着胸脯你好我好大家好地走出饭馆时，迎头扑来的一股寒风才又让人知道冬天的寒冷依然很冷。

伸手接电话，几秒时间就把手冻僵发麻。几个从饭馆门口敞胸露怀单薄溜秋的汉子刚出来，一股子冷风迎面灌来，直把肚子灌得脘腹疼痛，就忙忙拉上衣服拉链，顺手打车往回跑。至于跑到哪里舒服，那就不是小寒日的惦记了。

小寒日，天气更寒冷。到底冷到什么程度，就看翻过贺兰山的风有多少威力了。

3

日子很平常地贯穿每一天。

男男女女、老老少少总是在苏醒后对着温热的被窝、缱绻的睡梦有些依恋难舍。可想想一天天的事情，又不得不睁开眼睛，挣脱温热睡梦，急急忙忙地收拾行装，继续开始新一天的平常事情。

拉开灯，屋子有些阴冷。昨夜烧着的炉子只剩下一堆灰烬，外面的寒风借着窗户缝儿一股股地往屋子里灌。从被窝里钻出来，头发根都有些发凉。不管怎样，先下了炕把炉火重新架起来，让屋子暖和起来再说。穿衣提裤，收拾下地，顺手拾起火钳捅捅炉子，再灌满水壶往炉子上一放，一个清晨的忙碌就开始了。

推开门,院子里的地上覆着一层薄薄的霜。除了冬至日的一场雪，个把月来的天气一直晴朗。金灿灿的阳光从每一个清晨升起时，就形影不离地把堆积在院墙上的玉米照晒个不停。大冬天的土地不长粮食，但照晒在阳光里的玉米却能让粮食天天长在眼睛里、堆在心坎里、渗进骨骼里。从日渐一日的金黄玉米里，庄稼的饱满能踏实每一天的梦、踏实每一天的辛勤，也能殷实来年的收成。晴朗天空下，不仅人见了一地玉米心里会踏实，就算是跑前跑后的公鸡母鸡、黑猫黄狗、牛羊驴骡见了，也纷纷踏实不已。包括蹲在枝头的喜鹊、麻雀、伯劳、鹡鸰，也会看着满院子的金黄玉米跳上蹿下，满是踏实。

拎起水桶出门，映入眼帘的金黄玉米随时浮现出夏日田野的青翠，也闪现虫鸣鸟叫的欢腾。尽管一个寒冷冬日的清晨封堵住了很多庄稼的生长之路，但颗粒饱满、油黄浸心的玉米却能让每一颗心灵长出更多的丰收图景。如果有一场大雪再度降临，来年的田野或许更加多彩肥美。

拎着水桶到井台，井台边已经有人在弯腰打水。相互问询几句，便依次围在井口、手抓绳子把桶放下去打水，边放水桶边捋绳子之间，碰在井壁石头上的铁桶让哐啷哐啷的声音从井口冒出，然后沿着井口拐了方向，追着清晨里的鸡鸣狗叫、驴喊马嘶跑了去。有了水，一天天的生活就能继续滋润。轮到打水时，前头人打水洒下的水滴一点点地积累，一点点地漫延，渐渐地把井台周围结成冰溜子，稍微踩踏不牢，就会有人前后扑腾两下腿脚跌坐在井台旁。丫糕跌倒过，二蛋跌倒过，蒋世贵也跌倒过。笑话过几个人后，后面打水的人就小心翼翼了，先是摸索着慢步走到井台围子前，慢慢弯下腰把水桶放下去，再摇晃几下手中的绳子让水桶倒翻取水。看着水桶的水舀满了，两手上下错节地抓紧绳子一把一把地往上提水桶。到了井口围子，顺势腾出一只手抓住桶把儿，轻快转身把水桶放到身子一侧，然后用扁担钩子挂住桶把儿，蹲身垫肩挑起水桶往回走。回到院子里，把水一一往水缸里一倒，再出门挑水，一天的生活就正式开始了。

炉火已经架好，伸往屋外的柴火烟青青淡淡地朝着半空晃荡。屋子里重新暖和起来，大人娃娃也从炕头收拾停当下了地。洗漱、扫地、收拾屋子，搭火做饭拌酸菜，一个如往常一样的清晨让全家人忙乎起来。吃完饭，该出门的出门，该看书的看书，该收拾锅灶的收拾锅灶。掀起门帘进进出出，哈气或者跺脚随时把一家人的神情改变，也随时把寒冷温暖带进带出。但不管怎么样，一天的平常生活继续着。对于留守在乡村的人，只要眼睛一睁开，日子就得从手脚间开始。哪怕再寒冷的天气，也得抬脚动手去扑腾。日子就是扑腾出来的，不然生活不会轻而易举地幸福起来。

拎起家当，掀开门帘，出门找个活干去。

4

梦里，我拾起一把锹挖了很多土，慢慢地把过去埋掉。过不了多久，过去长出了一把草，把春夏秋冬的时节轻轻抹掉。因为一把草，过去的脚印抹没了，过去追逐的身影消失了，过去留下的喊叫也渐隐了。等抬眼放下锹，眼前的视野已经被驰骋的草原逐渐宽广、逐渐空旷。

我没有多大力气再骑着马向前奔腾，只是拖着衰老的身体悻悻而归。儿子跟在我的身后好奇兴奋地在草原上奔跑，好像所有生长出来的花草树木、奔跑着的飞禽走兽都是他的伙伴，就连半空飞舞的蜻蜓、豆娘、蝴蝶、蜜蜂，半路爬着的蚂蚁、蚯蚓、蚱蜢、甲虫，都是他欢快畅意的源泉。看他的样子听他的笑声我微微一笑。儿子携着我的曾经正在延伸纯真的童年，正在追逐无邪的少年，正在履历好奇兴奋的青年。尽管我是悄悄尾随在他身后的一个影子，但是他的奔跑、他的寻觅、他的来来去去都沐浴着重重灿烂温暖的光芒。因为他的安心畅意，我在挥锹挖土、挥鞭放牧时更加安心。

我和儿子之间,大约靠着一种即时的相随,时时刻刻把遥远拉近，也大约靠着一种粘在腿脚间的身影,时时刻刻把疲惫腾尽。很多时候，我挥着马鞭把头天圈起来的马群吆来喝去赶到一处牧场后，就寻个高一点的地方坐下来看远方。草原、毡房、白云、远山、冰川、河流、道路以及晨起昏落的炊烟，把马儿的脚步放缓，把我的目光淡然。我所能凝视的世界，多半浓缩在自己的行走里，也多半寄托在儿子的奔跑中。在父与子之间，远远的一声呼唤就能把我们深深温暖，也能把我们紧紧相连。每一次望着儿子背着包裹踏马远去，我都觉得儿子的身影就是我的跟随，就是我的曾经。我从他的脚跟开始，一路跟在他的身后。他走哪里，我就跟随到哪里，形影不离地把草原升腾起的故乡气息附在他的身上。儿子策马奔腾时，草原宽广的宁静正把他的身影奔腾。几匹轻快嬉戏的小马儿跟在儿子两侧奔来跑去，让我看见正在成长的儿子还没有远离。实际上，儿子也在我的身旁。我走到哪里，儿子就跟到哪里。我躺在高原上的一处草甸上，儿子就变成一片云守在我身旁。我佝偻着腰身拾捡大块的牛粪饼时，儿子就化成路边的花草等着我。我骑着马呼叫着往回走时，儿子又化成头顶的金雕伴我回家。

我就这样和儿子远远近近地拽着、牵着、呼唤着，彼此一路同行、一路回家。我骑着马，他也骑着马。我甩着鞭杆，他也甩着鞭杆，一左一右护着马群从草原深处回到毡房。黄昏落下来，毡房隐如小豆。

架起一塘火，烧着一壶酒，我和儿子席地而坐、围炉夜话，牧马的一天就沉实了。等到青草的气息重新唤醒我的记忆时，才发现繁星闪烁的苍穹之下，儿子正捧着一本书临火而读。他读的文字飘满星空，星空也把他闪耀。他能坐在苍穹下阅读，就能把土地里的气息黏附，就能把星空闪耀的苍穹黏附，就能把祖辈耕读吟诵的诗句黏附。

还好，儿子没有把故土忘记。

大寒

过日子不需要理由。

打开火、放上锅、添上水，把一块块肉放在锅里煮，看着时间想着味道盼着端上桌子时的欢乐，心里美美的。火冒着蓝火焰，锅盖边沿冒着嗞嗞的气，肉香味开始窜满屋子。院子里的雪还没有消，一堆小麻雀从树上跳下来，一顿一顿地伸缩着尖喙啄食。它们叽叽喳喳蹦蹦跳跳地撒欢，把压在雪里的东西捡了出来吃，又左翻腾右翻腾地跑到大黄狗的周围去招摇。几个孩子甩着胳膊从外面跑了进来，一掀帘子把雪里的寒气带了进来。一屋子的热气与一院子的寒气一相逢，腊月的活计就算来了。一来，就要忙不迭地收拾这儿收拾那儿，生怕某个意想不到的细节影响了一年的光景。

今年的腊月来得迟一些。前前后后下了几场雪，把整个大地都覆盖了，把房子后面的田野下成白茫茫一大片，也把房前屋后的院子以及相邻而伴的村子下得白花花一大片。五爷说腊月里下雪好，雪多来年就能丰收。还说好雪就有好年景好收成，看啥干啥都有劲。几场雪下了下来，家家户户的院子多了些清莹和情趣。虽然有点冷，可一家人围着炉子煮上一锅肉，炒上几个菜，再坐在火炕靠窗子的地方晒晒太阳、拉呱拉呱，日子也美着咧。

北方农村的冬季生活过得最有滋味的算是腊月。一进入腊月，老人们就开始翻着日历盘算着要办各种各样的事儿了。熬腊八粥、写对联、扫尘、敬神明、做馍馍、炸油香，再出去要耍社火、踩踩高跷……过年前的二十多天和过年后的二十多天，准备和享用成比例地拉长着腊月的日子，也把寒冷与温暖沉沉实实地交融在一起。吃完腊八粥，腊月就真正地落到每一个人的心里了。大人、小孩都开始无忧无虑地落入一种幸福的迷恋向往中，一天紧似一天地做着梦里都能微笑的事情。炖肉能炖出一家人许久不曾欢聚的重逢欢愉，擦玻璃能擦出另一个春季到来的明媚，扫尘能扫出一份干干净净的心情，写春联能写出一年最美好的期待状态……腊月是按天过的，一天一个事儿，一天一个景儿，一天一个心情。从清晨到晌午，从黄昏到夜半，屋子里的炉火始终是旺的，院子里的人声始终是乐的，就连树上的喜鹊、乌鸦和麻雀都是欢蹦乱跳叽叽喳喳的。一户人家的院子升起炊烟，一个村庄的欢声笑语就要开始了。年长的二奶奶早早收拾好锅灶，架起火炉，把做馍馍的各种家当提前准备好，然后拄着拐杖从村子东头走到村子西头，一路叫着史家的媳妇、张家的丫头、徐家的女人来帮忙。听着二奶奶的呼唤，几个媳妇丫头麻利地收拾一番，然后不约而同地跑到二奶奶家，打水和面、掺油揉面、捂被醒面，开始干活做馍馍了。随后，揪、揉、推、擀、拉、抻、制、醮……一炉馍馍刚出炉，几个娃娃便跑进来叽叽喳喳嚷着要吃。一屋子女人笑娃儿们的心急，就挑几个热腾腾的馍馍一掰几块让娃儿们吃。拿到了馍，娃儿们跑了出去，屋子里的活计重新继续。从清晨到晌午再到下午，一屋子女人又说又笑，把一年里的庄稼收成、人情礼数全部揉捏到面团里，也把一家人的生计奔波、儿女们的婚嫁置办全部松醒在做馍馍的时间里。

腊月里干活，实际上是说事儿。有一个人拉呱起一件事儿，就有另一个人接上话把儿往下续。比如张家的丫头到了该嫁人的时候了，一屋子人就会绞尽脑汁给娃娃寻觅一个婆家。东一言、西一句，说不准在开春的时候，张家的丫头就嫁了出去，让某一个接亲的人接走。还有话赶话、事赶事的，有一个话头打开，后面就有一长串子的话跟着……旁边的炉火吡吡叭叭地冒着火苗子，手里的面团一卷一卷地揉搓着，嘴里的话儿一句连着一句交替着。中间，徐家的女人把黏着面的手随便地在围裙上擦一擦，顺手拿过一杯子水喝上几口，然后继续把话续了下去。等一袋子面变成一个个金灿油香的馍馍时，一肚子的话儿也说得差不多了，一睦唠起的事儿也合意约定得差不多了。

屋里的女人们做馍馍的时候，各家各户的男人们也没闲着。拿把锹把院子里的雪铲一铲、堆一堆，再抓过一把扫帚把院子扫一扫、整一整，或者打开羊圈，把圈里清一清、垫一垫，或者把羊赶到黄河边的草滩上，让羊们也出去转一转。年前七八天，提前约好几个人趁某个早晨把今年准备宰的猪、杀的羊一顿手脚地捆绑住顺势一刀解决，然后该剥皮的剥皮，该砍肉的砍肉，该收拾下水的收拾下水。等中午收拾停当，屋里的女人早就做好了一桌子饭，还备上了酒，就地围到一起喝一回，算是提前过年了。吃完，把油嘴一抹，再点上一根烟，男人的一天就算有交代了。不过，这些都是其次的。腊月里，男人们的心思都是隐蔽而沉重的。笑还是要笑，说还是要说，吃还是要吃，玩还是要玩，但从腊月开始，一家人来年的日子怎么过、要干什么就要琢磨了。今年已经走了，来年干什么，都得有个大方向，不然的话，婆姨娃娃一大股，张嘴吃什么喝什么？上了年龄的老人会掐算，已届不惑的中年人也思谋，刚刚娶了媳妇生了娃的后生也盘算。只要担了责、当了一家之主的，都得把一年的节气把握好，把一年要干的活计提前琢磨好、盘算好。蹲在村口边放羊边晒太阳的五爷望着一地的雪层，会想着来年种几号麦子几号玉米，坐在炕沿边抽烟的二叔会想着今年要到哪里贩运木材才能挣上钱，吹唢呐吹了好几年的三哥会想着除了吹吹打打还能找些什么事儿干。闷头抽烟喝酒的在想，抬眼看车看鸟的在想，牌场上输了赢了的在想，正从外面急急往回赶的也在想。一个腊月，把男人们搜肠刮肚挣光阴过日子的各种想法、经历拧把成严肃的神情，也把一年又一年的奔波收获化成一串笑声。光阴过得好不好，从男人的眼里就能看得出，从男人说话时的神态猜得出，从男人说的话语里听得出。挣不来个好光阴、过不上个好日子，男人会低着头闭着嘴，迟迟不把步子往回迈，把自己躲得远远的，天天用不同的理由、借口逃避着女人的呼唤。挣上了光阴、过上了好日子，男人们就会衣衫锃亮地往回跑，沿着村里的巷道走来串去，还会吆五喝六地约上几个人喝一场子酒、说上一车拉不动的话，或者熬上一夜尽情打一场子牌。男人就这样，高兴了闹一闹，不高兴了躲一躲。都是脸面上的事情，就得有脸面地过日子。不然，人丢了都不知道怎么回事儿。腊月就是检验男人脸面的时候。每一天见的人、说的话、做的事，都会从不同侧面把男人的脸面映照出来。是好是坏，是美是丑，是黑是白，让腊月的日子一验就知道了。一个村子里的男人都知道脸面的重要，也知道怎样做好脸面的事儿。不然，一辈子随便就会被几句话改变，也会被腊月里的风刮跑。

五爷在村口晒足了太阳，扬起鞭杆赶着羊往回走。一起身，一股小风卷着雪粒扬起，后面跟着一辆小车进了村。五爷看了看想了想：今天是腊月十八了，碎尿娃娃总算回来了。

是啊，都腊月了，谁家的娃娃不想回家呢？

附　录

小　舅

韩　璇

小舅的书出版之前，我已阅读过许多零碎篇章了。

近几年，我们一家人总是相互分享一些文字，我会发一些课程论文到家群里给家人过目。发出来的自然都是些花了功夫的还算“得意”的小论文，而能给我提供些许评点的也只得是小舅。这不用说有中文系的渊源，能得到来自家人的而且经验丰富的写作者的赞美，那种快乐无可言说。我与小舅、文字的关系，在读了中文系之后迅速拉近。

原先我是不怎么读书的，也体会不到读书的好，我是典型的应试教育下培养出来的“好”学生。小舅总是勉励我多读书，他自己以身作则得很好。每次逢年过节，在姥姥家见到小舅，总带着一个随行包，里面装满了纸质书，怪沉的。一次，看见小舅又在看书，我凑上前，他便与我谈这本书讲了什么、如何好、你要不要看之类的话。我被他讲的内容所吸引，一时来了兴趣，“借”来好些，结果一本都没读完过。原因何在？有功夫读“课外书”，不如多做一道题来得有效，不如看一部电影来得爽快。另外，小舅家里到处都堆满了书，有时连落脚的地方都没有，我不甚理解，究竟哪有那么多时间看书？后来，我阴差阳错也读了中文，执拗的偏见终于在古今中外交错的文字辉光中逐渐溶解，我发现我从心底里是陶醉于“归时休放烛花红，待踏马蹄清夜月”的古典意境的；是感动于“我们静静地坐在湖滨，听燕子给我们讲讲南方的静夜”的灵感的；是想要探究到底存在的意义何处寻，我们究竟为什么谈论“美”等诸如此类的哲学命题的。我为无数人类群星闪耀时而自豪；为愿意选择与西西弗同在而鼓舞；为能够尽可能多地拓展年轻的意识边界而雀跃。而这些，似乎读书都能引我实现。读书乃人生一大乐事也，此言真矣。再说小舅，我看到的是，在早上起床等早饭之时，夜深人静之时,他便会在书房读上一阵,或者拿出自己的小本子做读书笔记、写日记一类的小文章。今年过年的时候，他骄傲地跟我说，这已是他今年第四个本子了。这一幕深深留在我记忆里，因为彼时我已经是一名大三的学生了，也深谙读书写作的好处和难处，并在心里暗自佩服。

我也曾问小舅如何提高写作水平这样的问题。他的回答是：多写，坚持写，每天写。“写作有什么门槛呢？只不过是情之所至，给自己娱乐罢了。”《大地图章》这本书，就是小舅日常生活的感悟和随笔啊。从东风解到泽腹坚，万物随时序更替，生长、繁衍、衰落，一年年、一岁岁，一生四季轮转。人似自然，人亦是自然的孩子，人从自然的生命里学到人应该怎样看待生活，怎样继续生活，这，是我读罢后真真切切感受到的。

经历倥偬，梦于拂晓视通万里，感于万物融于万物，心言溢出于笔尖，想说什么说什么，自在，洒脱。凝望一片沙，一只鸥鸟，被风吹着跑了一段，亦或在书斋里正思绪飘飞，敏感的神经相互冲撞着，感到一些关于时间、生命、生活的普遍哲理，就在笔下自然恣意生长，无拘无束；一些琐碎的触动，让人感到人生有限，渺小无助，总是在不经意间误了时光的悲凉或是释怀。一些寻常日子的小欢喜、小感伤、小遗憾，就这样和春天的种子一同埋下，披着黄土野草，赶着牛马驴羊，长成麦子稻谷，行走在真实与幻梦之间，淌作抒情的散篇。读着读着，就有一种在现实的日常生活，小天地，还有远去的故乡和万物成长的梦境里穿梭的奇妙感觉。读的时候，也好像有些画面与我的记忆交汇起来。前些时候，我问小舅近来忙什么，他说是处理文件、开会、写稿子，每天都忙得天昏地暗。这些正是文中一些句段的现实“背景”。我有些乐了，因为感到写作和生活竟是如此贴近，用写作记录生活，平凡的日子也有些滋味了。

这二十四节气里的故事，是关于小舅的故事，是关于他和他的土地的故事。他自己说：“总把自己看成一个耕耘在城市里的农夫，成天成夜没完没了地写个不停。”我想，在小舅心里，他与他的故乡、土地、自然始终在一起。与他爱的喜鹊、黄狗、驴子、庄稼、大风、贺兰山在一起。一方水土养一方人，人是忘不掉生育自己的土地的，人也不该忘记生育自己的土地。如果本就是黄土地的儿子，那么，你最好的导师之一，便是脚下的黄土。庄稼，劳动，依时序出现在它应该出现的每一页。二十四节气指导农时，“清明先后，种瓜点豆”，立夏追肥、芒种灌浆，农人明白自然的道理，绝没有现代城市人的拖延症，抓住时机辛勤劳作，“埋下头，弯下腰，憋着一股子劲儿往下干，再苦再累的活计也能干完。”“想过好日子，就得动手干起来”“谁对自己不勤快，庄稼就稀稀拉拉地晒太阳、蔫头耷脑地熬光阴”……再用一些方言俚语串起，可不正是土地的味道嘛！我的眼前，似乎就出现了“农家少闲月，五月人倍忙”的情景，我很向往，很想体验体验。庄稼的春播秋收，不急不躁，不慌不忙，到头来“一粒麦子成就了自己”，也“成就了一片土地的踏实”。这些人生最朴实的道理，小舅跟土地学到了，我跟着他的文字学到了。小舅的二十四节气，总是与农村、农民联系在一起，怀念故乡，怀念童年生活，也怀念故土上远去的亲人朋友，观照回忆，捕捉现在，触摸未来。我们要匍匐在土地上，和养育自己的环境融为一体，然后才能坚定地向前。

二十四节气里的小舅也是浪漫的。书里的小舅常做梦。他说：“至于我，可能在某次梦醒时变成一只鸟、长成一棵树、化作一株草、开出一朵花。”梦境中的人，超越了人身的束缚，唤起心灵深处的渴望，与物携同，化而为物。有时“干脆将自己变作树的一部分，去窥探他们的秘密”，有时可以读懂自然万物的心声，与他们交流：“风能看见过去”……行至《小雪》，冬的宁静和宇宙的宏阔惹起一颗善感的、骨子里与万物齐平的人儿的思绪：“即将飘雪的期待里，我不想让谁提起，也不想被谁打扰，只想陪着一片海、一座山、一场雪慢慢静下来，把自己沉默成一滴水、一块石头、一粒雪花，冷冷静静地与大地同行，与时光漂浮。”

书中其实很少出现我们一家人的身影，但我总觉得处处都有我们这个大家庭的影子。那些因外物、外事触动而生发的感悟和哲理，不少似乎都或明或暗地由家里的长辈都教育给我听，亦或言传身教耳濡目染过了，这就不难解释为什么我读的时候时常感到亲切。甚至连文字运用的句式，都有些相像。小舅是我的家人，他和这个家庭带给我的，有一种令人踏实的向上的力量，就像是播种在黄土地上的麦子，我们擅长从平静和睦中潜滋暗长，在朴实真挚中完成每一个日夜的祷告，我们对未来许下祈盼，却也没有向未来奢求太多赏赐。善良、温柔、谦逊，从立春到大寒，岁岁轮转，笑声阵阵。每每回到家里，和家人在一起，我总能够找到比较准确的定位，感到踏实可感的宁静，得到恰如其分的鼓励，关于生命应该怎样自然而然地努力生长，在不急不躁的岁月里，对抗青春的浮躁和时代的善变。

二十四节气，是写给自然和万物的，也是写给语言和文字的；是写给生活的，也是写给小舅自己的，“在漫长的岁月里忽然有彗星的出现，狂风乍起。”